Fliegende Untertassen

Ein Science-Fiction-Roman

Richard G. Hole

Fliegende Untertassen
Ein Science-Fiction-Roman

Richard G. Hole

Science-Fiction und Fantasy

ZUSAMMENFASSUNG

Langsam wurden die sogenannten Fliegenden Untertassen immer aktueller. Denn es war nicht die flüchtige Vision eines ungebildeten Bauern, der geglaubt hatte, auf seinem Hof ein seltsames Flugobjekt zu sehen. Auch Männer mit anerkannter Zahlungsfähigkeit und gutem Urteilsvermögen behaupteten, sie gesehen zu haben. Vor allem im südlichen Teil des amerikanischen Kontinents, konkret in Argentinien, Chile und Brasilien.

Von hier aus legten Astronomen, Physiker und viele Wissenschaftler ihre besonderen Erfahrungen in flüchtigen Visionen und sogar Fotos, die von den Fliegenden Untertassen erhalten wurden, beiseite ...

Fliegende Untertassen ist eine Geschichte aus der Science-Fiction-Reihe, einer Sammlung von Science-Fiction- und Fantasy-Romanen

FLIEGENDE UNTERTASSEN

KAPITEL I

Es ist eine offensichtliche Wahrheit, aber man muss sich ständig daran erinnern: Die Erde ist nicht allein im Universum.

Alles ist höchstens ein winziger Punkt in Infinity, wo die ewigen Lichter der Sterne ihre Tanzschritte nachzeichnen. In diesem unermüdlichen Tanz versammeln sie sich in den Spiralen, in den Kugelkonglomeraten und in den unzähligen Milchstraßen.

All dies bildet den Kosmos: das Universum.

Jede Milchstraße ist eine große Sternenfamilie, in der sich einige Milliarden Sterne gruppieren. Jeder Stern ist eine Sonne und jede Sonne hat wiederum ihre Planeten als Kinder.

Jeder Planet kann eine erdähnliche Welt sein. Seine möglichen kosmischen Bewohner können tausendfach sein oder tausendfach konstituiert sein, je nach ihrer eigenen Umgebung: mit ihren besonderen Eigenschaften.

Hier angekommen, erschöpft sich die Fantasie.

Das alles weiß der Mensch, zumindest spürt er seine Existenz. Aber er ist im Jenseits verloren und verängstigt, also übernimmt er die naive Politik des Straußes, versteckt seine Ignoranz in olympischer Vergessenheit, wenn nicht, leugnet er alle diese Möglichkeiten absurderweise.

Aber es ist eine Vergessenheit, aus der es aufgrund des Laufs der Ereignisse periodisch herauskommen muss. Ab 1945 begannen diese Ereignisse zunächst allmählich und dann nach und nach in Etappen, aber mit größerer Kontinuität; Auf der Erde begannen hier und da und scheinbar auf kapriziöse Weise seltsame Flugobjekte zu sehen, die die Journalisten vielleicht wegen ihrer Kugelform Fliegende Untertassen nannten.

Der Zweite Weltkrieg war vor kurzem zu Ende gegangen, und die Termine fielen auch mit dem Erscheinen der ersten Jetflüge zusammen. Moderne Flugzeuge flogen mit Überschallgeschwindigkeit, und im

Allgemeinen glaubten die Leute, schlecht informiert, dass es sich um neue experimentelle Flüge handelte, die von einigen der Großmächte durchgeführt wurden.

Doch langsam wurden die sogenannten Fliegenden Untertassen immer aktueller. Denn es war nicht die flüchtige Vision eines ungebildeten Bauern, der geglaubt hatte, auf seinem Hof ein seltsames Flugobjekt zu sehen. Auch Männer mit anerkannter Zahlungsfähigkeit und gutem Urteilsvermögen behaupteten, sie gesehen zu haben. Vor allem im südlichen Teil des amerikanischen Kontinents, konkret in Argentinien, Chile und Brasilien.

Von hier aus legten Astronomen, Physiker und viele Wissenschaftler ihre besonderen Erfahrungen in flüchtigen Visionen und sogar Fotografien der Fliegenden Untertassen beiseite. Die Boulevardpresse wiederholte solche Geschichten und man kann sagen, dass sie einen Mord begangen haben. Ein Kolumnist begann über die Möglichkeit zu schreiben, dass die Marsianer uns besuchen wollten und auf diesen Flügen ihre ersten Kontakte knüpften.

All dies führte zu einer gewaltigen Kontroverse, und einige Monate lang wurde nichts anderes diskutiert. Viele hatten Spaß, andere spekulierten und die wenigsten nahmen es ernst. Die meisten von ihnen zitterten innerlich, egal wie viel sie sagten, um nicht als feige oder ängstlich zu gelten.

Aber die Frage stand noch. Gab es Fliegende Untertassen wirklich?

Es lag an den Behörden der Großmächte, über den Fall zu entscheiden, aber so unlogisch es erscheinen mag, sie taten es nicht. Sie beschränkten sich darauf zu kommunizieren, dass keiner von ihnen Flugversuche durchführte, die nicht schon bekannt waren und auch von anderen Ländern praktiziert wurden. Folglich hatten sie nichts mit dieser Fantasie der Fliegenden Untertassen zu tun, die durchaus nur Illusionen des Unwissenden oder Phänomene bei der Beobachtung der Atmosphäre sein konnten.

Als sich die Fata Morganas jedoch immer mehr vermehrten, wurde weiterhin über die Fliegenden Untertassen gesprochen. Schon bald behaupteten Tausende von Menschen, die seltsamen Flugobjekte gesehen zu haben. Sogar der gelegentliche kluge oder fleißige Mensch kommt heraus, der alle zusammenhanglosen Geschichten zusammenstellt und Bücher über den Fall veröffentlicht. Bände, die in sorgfältigen Auflagen verkauft wurden und die zu den meistdiskutierten und kommentierten Bestsellern ihrer Zeit wurden.

Das Interesse der Menschen begann jedoch um das Jahr 1965 herum zu sinken, da die Marsianer sich nicht entschieden hatten, auf der Erde zu landen. Zwanzig Jahre sind eine lange Zeit, um die Aufmerksamkeit auf das Gleiche zu richten, besonders wenn das tägliche Leben es erfordert, es auf greifbarere und konkretere Dinge zu richten.

Und dass die Fliegenden Untertassen während dieser zwanzig Jahre nicht aufgehört haben, an vielen Orten regelmäßig aufzutreten. Auch auf dem Pariser Flughafen Orly mussten an einem bestimmten Tag im Juni 1960 für fünf lange Stunden die Flüge in und aus der französischen Hauptstadt unterbrochen werden, da ohne Erklärung mehrere unbekannte Flugobjekte hoch über dem Flughafen blieben.

Als ob sie ihn beobachteten!

Sie kamen unerwartet an und gingen fünf Stunden später auf die gleiche Weise. Zu dieser Zeit hatte sich auch ein anderer, nicht weniger merkwürdiger und überraschender Fall ereignet. Ein britischer BEA-Pilot sah, als er seinen mit Passagieren besetzten großen Jet befehligte, orange und blaue Lichtstrahlen vor dem Flugzeug, die er zunächst als Brechungen der Sonne aufnahm. Aber er musste seine Meinung bald ändern, als sein Der Copilot anzeigte, dass ein silberfarbenes kugelförmiges Schiff vor ihnen flog, mit hoher Geschwindigkeit und ohne ein Signal zu geben.

Beunruhigt konnten dieselben Passagiere das seltsame Flugobjekt sehen, das trotz des doppelten Überschallgeschwindigkeitsjets launisch in einer einzigen Sekunde aus ihrem Blickfeld verschwand und in den Himmel aufstieg.

Der Fall des nordamerikanischen Piloten Perry Lhomar wurde ebenfalls registriert, an dem Tag, als er auf seiner Wache über dem US-Finanzministerium über Fort Knox flog und der Basis per Funk mitteilte, dass etwas Seltsames und Unbekanntes über den Ort flog, an dem mehr Gold liegt gelagert. in der Welt. Dieser Pilot bat um Erlaubnis, das Flugobjekt verfolgen zu dürfen, und Perry Lhomar stieg tapfer mit seiner sehr schnellen X-15 auf, ohne es erreichen zu können.

Es zerfiel einfach in der Luft und erreichte eine Höhe und Geschwindigkeit, die für die Ausdauer seines X-15 unerschwinglich waren.

Dann, ein paar Monate später, kam alles andere ...

Die Version, dass einige Marsianer auf einer Ebene in Mexiko gelandet waren. Das von einigen verkohlten Feldfrüchten an einem bestimmten Ort in Australien, mit allen Anzeichen dafür, dass ein Raumschiff dort gelandet war. Und, unter anderem auch über Fliegende Untertassen, die verwirrende Aussage eines gewissen Ralph Mayer, der behauptete, mit zwei seltsamen, kaum einen Meter großen Gestalten gesprochen zu haben, nachdem er sie in den kalten Bergen der Highlands von seiner Fliegenden Untertasse herabsteigen sah , nördlich von Schottland.

Zu diesem Zeitpunkt war bereits ein Mann in die Erdumlaufbahn gebracht worden und der Russe Gagarin gehörte zur Geschichte der bahnbrechenden Astronauten. Die Erfahrungen in dieser Reihenfolge vervielfachten sich in den folgenden Jahren schnell und keiner der Astronauten konnte behaupten, anderen Raumfahrern begegnet zu sein.

Angesichts von Tausenden von Fällen ohne mögliche Erklärung wurde jedoch ein internationales Gremium gegründet, das beschloss, das Akronym UFO anzunehmen, alle Daten zu sammeln und alles gründlich zu untersuchen, was sich auf nicht identifizierte Flugobjekte bezieht.

Den Verantwortlichen von UFO wurde eine tiefgreifende Untersuchung befohlen, die mit so viel Geheimhaltung durchgeführt wurde, dass zwanzig Jahre später, bereits um 1985, niemand in einer ernsthaften Diskussion versichern konnte, ob die Fliegenden Untertassen Realität oder einfach alles rein war Fantasie.

Mit einem Wort: Alles war wie 1945, als einige Erdbewohner vor vierzig Jahren die ersten Alarmglocken läuteten und versicherten, unidentifizierte Flugobjekte gesehen zu haben.

Nun, niemand konnte Ihnen versichern, dass es keine UFOs gab, außer einigen der hohen Köpfe dieser Internationalen Organisation ...

Aber zwischen ihnen rechtfertigten sie ihr Schweigen, damit die Bewohner der Erde nicht alarmiert würden, was eine wahre Katastrophe verursachte.

Ja, es stimmte, dass die Erde von Fremden auf dem Planeten besucht wurde. Und das Überraschendste war, dass diese Besuche nicht nur in die letzten zwanzig oder vierzig Jahre zurückreichten. Die Forscher arbeiteten gut und der Bericht, den sie einer kleinen Gruppe von Menschen präsentierten, war schlüssig.

Offenbar und einer eingehenden Untersuchung aller Daten zufolge hatten die nicht identifizierten Flugobjekte ihre regelmäßigen Besuche auf der Erde seit ... MEHR ALS ACHT TAUSEND JAHREN!

Diese überraschende Schlussfolgerung wurde nach dem Studium und der Analyse der alten Texte alter Zivilisationen gezogen, die bereits in der langen Nacht der Zeit verloren gegangen waren. In China, fünftausend Jahre vor Jesus Christus, gab es bereits vage Hinweise auf bestimmte fliegende Streitwagen, die mit großer Geschwindigkeit durch den Himmel schossen. Diese Hinweise fielen mit denen der alten Veden Indiens zusammen, die wiederum solche Phänomene in ihren heiligen Büchern in Sanskrit-Sprache zitierten.

In derselben Bibel ließen sich beim Durchblättern und sorgfältigen Studium auch Hinweise in diesem Sinne finden, die später mit den Texten der ägyptischen Schriftgelehrten versetzt werden konnten, als diese im Auftrag der mächtigen Pharaonen ihre Kompositionen anfertigten.

Später, schon in der Zeit der fruchtbaren griechischen Zivilisationen, gab es in vielen epischen und religiösen Gedichten wieder symbolische Hinweise auf fliegende Streitwagen, die, wie sie damals glaubten, an Menschen vorbeizogen, angeführt von all dem Haufen kleiner griechischer Göttinnen, der die ihre Mythologie so voll ist. Derselbe Wagen, der von dem temperamentvollen Pferd Pegasus gezogen wird und in den Himmel fliegt, könnte er nicht aus der Vision eines UFOs stammen?

Der Marsch des kapriziösen Merkur, der auf seinem rasenden Streitwagen zum Olymp aufstieg, bedeutete das nicht auch die flüchtige Vision dieser fantasievollen Menschen, einer Fliegenden Untertasse?

Und schon im Mittelalter mehrten sich die vagen Hinweise auf solche Phänomene, obwohl jeder Schriftsteller und jedes Land seine eigene Interpretationsweise annahm; Feuerbälle steigen und fallen vom Himmel; Meteoriten, die mit hoher Geschwindigkeit abstiegen und das Ende der Welt ankündigten, das nie kam, weil sie einfach und unerklärlicherweise, als es so aussah, als würden sie mit der Erde kollidieren, wieder auferstanden sind, um sich in den unendlichen Pfaden des Kosmos zu verlieren .

Weitere Flying Chariots erschienen in der mittelalterlichen Literatur in großer Fülle von Schriften, sie wurden über die Jahrhunderte hinweg zitiert. Bis 1945, als die Männer aus ihrem schrecklichen Zweiten Weltkrieg erwachten, begannen sie mutig über die Möglichkeit des Marsbesuchs zu schreiben.

All das machte keinen Sinn, wenn man nicht nach einem gemeinsamen Motiv suchte: Fliegende Untertassen oder nicht identifizierte Flugobjekte.

Da waren die UFOs, die mysteriösen außerirdischen Objekte, die Realität waren.

Natürlich, woher kamen sie? Aus welcher Ecke des Universums kamen sie? Wie war deine Crew? Was waren Ihre Absichten? Warum hatten sie die Erde so viele tausend Jahre lang beobachtet? Warum wurden sie nicht offen gesehen? Wollten sie in sie eindringen oder würden sie sich darauf beschränken, ihre Bewohner zu beherrschen, aus Angst vor dem Höheren, dem Unbekannten?

Es gab so viele Fragen zu beantworten, so viele Vorschläge zu diesem Problem, dass es notwendig war, das Geheimnis der Bestätigung weiterhin eifersüchtig zu verbergen, um keine Verwirrung und keinen Terror zu stiften. Die offiziellen Stellen gaben weiterhin Ausflüchte oder mehr oder weniger wissenschaftliche Erklärungen ab; es ging nicht darum, die ganze Wahrheit zu sagen.

Es war notwendig, die Massenhysterie daran zu hindern, die Bewohner der Erde zu übernehmen. Die große Masse konnte mit ihren Meinungen nichts lösen und verschlimmerte die Lage noch, wenn sie entsetzt reagierte. Die Entscheidungen entsprachen der galaktischen Zentralregierung, und selbst innerhalb der Internationalen Organisation, die den Fall der UFOs untersuchte, wussten viele Mitglieder nicht, was geschah.

Nachdem die Existenz der Unidentified Flying Objects bestätigt worden war, war es zunächst praktisch zu wissen, was die Absichten dieser mysteriösen außerirdischen Besucher waren.

Und das sollte ich noch herausfinden...

KAPITEL II

Die hohen Köpfe der zentralgalaktischen Regierung zählten, ihr Geheimnis weiterhin zu verbergen, mit der besonderen Neigung des Menschen.

Sie wussten, dass die Bewohner der Erde höchstens periodisch aus der Lethargie ihrer Langeweile, ihres eintönigen Lebens und ihrer Gemeinheit, ihrer Probleme heraus zum Himmel aufblicken und das Universum in Frage stellen und versuchen, in seine Geheimnisse einzutauchen.

Aber wenn sie es tun, bekommen die gewöhnlichen Bewohner der Erde mehr Angst als Neugier, mehr Misstrauen als wissenschaftlichen Eifer und auch, warum nicht sagen?, Mehr Verlangen, dass für sie alles beim Alten bleibt und niemand kommt, um ihnen das zu sagen in Die Hellen Flecken, die Sie mit bloßem Auge entdecken können, in diesen Sternen, in diesen fernen Sonnensystemen und in diesen Galaxien können andere rationale Wesen existieren.

Das ist etwas, das ihnen normalerweise missfällt, und oft machen sie sich über eine solche Möglichkeit lustig, weil es impliziert, dass dort, in jedem abgelegenen Winkel des Universums, jede außerirdische Rasse, jede fantastische Superzivilisation existieren und beschließen könnte, uns zu besuchen.

Der durchschnittliche Mann mag das alles nicht. Er hat lange geglaubt, dass er der König der Schöpfung ist und die Möglichkeit, dass er es nicht ist, macht ihn wütend. Es demütigt ihn auch, erniedrigt ihn und macht ihn zu einem bloßen Muster der wunderbaren Vielfalt des Lebens.

Die Menschheit will die Königin des Universums bleiben und lehnt instinktiv und vielleicht auch arrogant jede mögliche Konkurrenz ab. Seine Reaktion ist die des verwöhnten Kindes, das die Ankunft des neuen kleinen Bruders sieht, eine Abnahme der Zuneigung der Eltern.

Infantilismus!

Aus diesem Grund ist der Mensch im Allgemeinen nicht geneigt, die möglichen Bewohner anderer Welten freundlich aufzunehmen. Im Gegenteil, er hält sie im Voraus für schädlich, schädlich und potenzielle Feinde für ihn. Daher ist er bestrebt, sie abzulehnen, wenn sie es jemals wagen, sich seiner geliebten Welt zu nähern.

In geringerem Maße und als Beispiel war dies der innere Konflikt der menschlichen Rassen.

Sie haben sich immer abgelehnt, sogar Stämme und Völker derselben Rasse.

Die ferne Antike erzählt uns von den Kämpfen zwischen Assyrern und Babyloniern. Zwischen Ägyptern und Hethitern. Zwischen Persern und Griechen. Zwischen Römern und Barbaren. Zwischen Karthager und Römer. Zwischen Wikingern und Normannen. Zwischen Französisch und Englisch. Zwischen spanischen und indigenen Völkern, als die amerikanische Kolonisation.

Jahrhundertelang griff jede Rasse, jedes Volk mit der innigen Überzeugung, im Recht zu sein, zu den Waffen. Und jede gewonnene Schlacht gegen den Feind wurde einem Geschenk des Himmels zugeschrieben.

Zu einer göttlichen Gnade.

Und Gott, betrübt, aber ohne in diese brudermörderischen Kämpfe einzugreifen, überließ sie weiterhin ihrem freien Willen, bis sie sich selbst, von ihrer Vernunft geleitet, zu einem gemeinsamen Volk schlossen und sich als Kinder von Mutter Erde fühlten.

Ja, alle Kinder des gleichen Planeten, warum einander nicht verstehen lernen?

Im Laufe der Zeit begann der Mensch zu verstehen und sein Planet wurde befriedet und bildete die zentrale galaktische Regierung. Weiß oder schwarz, gelb oder kupfer zu sein, galt eher als geographisches Ergebnis denn als Grund für Uneinigkeit.

Auch die anderen kleinen Unterschiede wurden überbrückt.

Aber jetzt würde er von vorne anfangen müssen. Jetzt würde er möglicherweise gegen außerirdische Wesen kämpfen müssen.

Bis er andere Planeten, andere Welten und andere Galaxien kolonisierte, oder bis sie ihn versklavten ...?

* * *

Angesichts einer solchen Verantwortung trafen sich die hohen Köpfe der galaktischen Zentralregierung, die neuesten Schlussfolgerungen derjenigen, die sich um das Studium von UFOs kümmerten, verlangten es.

Und in seiner Eigenschaft als Verteidigungsminister schlug Generalleutnant Paul Quiin mit seiner charakteristischen Energie vor:

„Genug gestritten, Gentlemen! Was wir tun müssen, wissen wir alle sehr gut. Zerstört diese verdammten Fliegenden Untertassen!

Im ganzen Raum war ein Gemurmel zu hören, und endlich fragte die langsame Stimme des atomaren Weisen Curt Hartman mit einem leichten Lächeln:

„Sehr gut, General Quiin. Aber ... willst du uns sagen wie?

Sichtlich verärgert antwortete General Paul Quiin:

„Diese Frage ist skurril, Professor Hartman. Wir haben Waffen, die stark genug sind, um es zu tun! Und du weißt es!

„Meinen Sie unsere Atomkanonen, General?

In letzter Zeit wusste jeder von der Freundschaft zwischen dem energischen General Paul Quiin und dem unbekümmerten Professor Curt Hartman. Deshalb waren sie nicht überrascht, als der Verteidigungsminister mit der gleichen Ironie antwortete:

„Genau, Professor! Ich meinte unsere Atomwaffen, an deren Herstellung Sie ja so viel beteiligt waren.

„Deshalb weiß ich, dass sie nicht wirksam sein werden.

Diesmal war es nicht General Quiin, der antwortete, als ihm der nachfragende Rüstungsminister Sean Buttons ebenso überrascht wie der Rest der Anwesenden vorausging:

„Wollen Sie damit andeuten, dass unsere Atomwaffen gegen diese Fliegenden Untertassen wirkungslos sein werden, Professor Hartman?

"Das anzunehmen ist so viel wie zuzugeben, dass wir wehrlos sind", sagte ein anderer.

„Es ist dumm!“ Eine andere Stimme abgelehnt.“ Nichts kann existieren, was einer Atomexplosion standhalten kann!

Professor Curt Hartman hob seine manikürten Hände und flehte mit seiner langsamen Stimme, während er alle ansah:

"Ganz einfach, Freunde! Ich habe nicht gesagt, dass diese Raumschiffe gegen einen atomaren Einschlag unverwundbar sind. Ich bin ein Mann der Wissenschaft und ich weiß gut, dass alle Materie, egal wie hart und widerstandsfähig sie auch sein mag, zerfallen kann ...

" Dann...?

„Ich habe mich darauf beschränkt zu sagen, dass es nicht effektiv wäre. Es ist nicht das Gleiche!

„Warum nicht?“ General Quiin kehrte zum Angriff zurück.

"Weil ... Was würden wir gewinnen, wenn wir eines oder zwanzig dieser Schiffe zerstören, falls unsere Atomkanonen sie überraschen und treffen könnten?

„Geben Sie ihnen eine gute Lektion! Zeigen Sie, dass wir nicht gewillt sind, ihnen zu erlauben, in unserem Weltraum leise zu gehen! Und noch viel weniger, lassen Sie sie der Erde nahe kommen!

„Bah! Das machen sie schon seit Tausenden von Jahren, General Quiin. Oder hat er die UFO-Berichte nicht gelesen?

„Ich habe sie gelesen! Aber ich bin mit diesem Teil nicht einverstanden. Ich weigere mich zu glauben, dass diese Fliegenden Untertassen die Erde seit Tausenden von Jahren beobachten.

"Der Bericht ist sehr akribisch", betonte Professor Hartman mit einiger Ironie. Vor allem finde ich es sehr gelungen.

"Letztlich macht uns das jetzt wenig aus", mischte sich erneut der Rüstungsminister Sean Buttons ein. Was uns interessiert, sind seine jüngsten Schlussfolgerungen. Zu wissen, dass UFOs Realität sind!

„Im Gegenteil, Mr. Buttons“, unterbrach ihn Professor Hartman. „Zu wissen, dass sie uns seit Tausenden von Jahren beobachten, ist sehr wichtig. Viele!

„Weil? Das Dringende ist jetzt! Die Gewissheit, dass sie es jetzt tun!

Professor Curt Hartman richtete seine lebhaften kleinen wimpernlosen Augen auf den Rüstungsminister und sagte:

„Du erleidest einen Beurteilungsfehler, lieber Freund. Viele von euch leiden darunter, wie ich sehe!

„Wollen Sie sich erklären, Herr Professor?

„Gerne, Herr Buttons ... Gerne!

Die Ruhe dieses Mannes war ärgerlich. Sie diskutierten über eine so wichtige und dringende Frage, und doch schien es ihm Freude zu bereiten, ihre Antworten zu verlängern. Das Lächeln erschien wieder auf ihren dünnen Lippen, als sie hinzufügte:

„Ich wiederhole, dass die Schlussfolgerungen des UFOs richtig sind und ich es für selbstverständlich halte, dass diese außerirdischen Wesen uns seit Tausenden von Jahren beobachten. Dies impliziert, dass sie in fernen Zeiten über eine fortschrittliche Technik verfügten, die sich unserem Planeten nähern konnte.

Er hielt inne, bevor er fortfuhr, nachdem er alle angesehen hatte:

„Daraus lässt sich vieles ableiten, meine Herren... Vieles! Und eine davon ist, dass sie auch Atomwaffen besitzen müssen. Oder noch stärker!

Es herrschte Stille und mit einem gewissen Lächeln beendete er:

„Ergibt das für Sie keinen Sinn, meine Herren?

„Nun, Professor Hartman... Na und? "Endlich sagte General Paul Quiin." Wenn es nötig ist, werden wir kämpfen!

Professor Curt Hartman wandte sich wieder an ihn und wiederholte:

"Zu kämpfen...? Wie und gegen wen?

„Gegen diese fliegenden Untertassen oder diese UFOs!

„Nun, wissen Sie, ob die Besatzung dieser Schiffe wirklich unsere Feinde sind?

„Wir wissen auch nicht, ob sie Freunde sind. Aber sie dringen in unseren Raum ein! Das ist Symptom genug, um Sie ernsthaft zu warnen.

„Ein sauberer Schuss, General Quiin?

„Warum nicht, Herr Professor?

„Aus vielen Gründen: Einer davon, weil wir nicht wissen, wie sie darauf reagieren können. Bisher haben wir sie nicht belästigt und sie haben uns nichts getan.

„Vergessen Sie eines, Professor Hartman; Bis jetzt waren wir uns nicht sicher, ob es sich um Schiffe handelte, die außerhalb der Erde gebaut wurden.

Curt Hartman schien die Diskussion aufzugeben und gab zu:

"Einverstanden! Alles klar, General Quiin! Seien wir verrückt genug, einer anderen außerirdischen Rasse den Krieg zu erklären, von der wir nichts wissen, außer der Gewissheit, dass sie eine weit fortgeschrittenere Technik haben als unsere. Seien wir verrückt genug, die die ganze Erde in eine mögliche Katastrophe!Und seien wir auch dumm genug, den Versuch einer freundschaftlichen Annäherung jener Wesen zu zerstören, die uns doch, wenn sie es gewollt hätten, längst vernichten könnten!

Das Geplänkel des älteren Professors Curt Hartman hatte auf die Versammelten die gewünschte Wirkung. Und bald war die Stimme von Präsident Leo Proebe zu hören, als er zugab:

„Okay, Professor Hartmann. Was schlägst du vor?

Diesmal zögerte der ruhige Professor seine Antwort nicht durch heftige Ausrufe hinaus;

"Frieden...! Verstehen...! Verstehen!

Aus einem Winkel in der großen Kammer fragte jemand;

„Und wenn sie es nicht so wollen, Professor?

Der Befragte drehte dort scharf den Kopf und bestätigte:

„Sie haben bereits gezeigt, dass sie es so wollen. Ich wiederhole, sie hätten uns schon vernichtet, wenn sie gewollt hätten!

„Sie haben übermäßiges Vertrauen in diese mysteriösen Wesen, Professor Hartman.

„Ja! Kannst du uns sagen warum?

Professor Curt Hartman schien zu zögern, kehrte zu seiner gemächlichen Art zu sprechen zurück und sagte:

„Nein... ich kann dir nicht sagen, warum ich ihnen vertraue. Zumindest mit soliden und nachweisbaren Argumenten. Aber mein Glaube ist intuitiv ... Ich würde sagen, deduktiv, meine Herren!

„Warum deduktiv?

"Nehmen Sie sich einen Moment Zeit, um ein wenig nachzudenken, und Sie werden auch folgern: Wesen, die einen Grad an Perfektion in der Technik erreicht haben, die fähig sind, durch den Weltraum zu reisen, müssen notwendigerweise zu einem überzivilisierten Volk gehören. Und soweit ich weiß , Zivilisation verbessert sich ständig, nicht brutalisierend.

"Aus vermeintlichen Gründen zu urteilen, Professor Hartman", sprach wieder der energische Verteidigungsminister Paul Quiin. Diese Argumentation gilt für die Menschheit. Aber gilt es für sie? Diese Wesen, wer auch immer sie sind, reagieren sie genauso wie wir? Haben sie die gleichen Vorstellungen von Moral? Die gleichen Vorstellungen von richtig und falsch?

„Sie müssen darauf vertrauen, dass dies der Fall ist, General Quiin.

Was ist, wenn wir falsch liegen? Und wenn wir sie mit dem gleichen menschlichen Maß beurteilen, welches ist nicht ihres?

„Dieses Risiko müssen wir eingehen.

" Ich stimme dir nicht zu!

Wieder wurde die Diskussion hitzig und sogar heftig, und wer sonst, wer weniger, war aufgeregt und stand von seinem Platz auf und enthüllte die gleichen Ängste wie General Paul Quiin, der wieder von

Professor Curt Hartman an Boden gewann. Sofort merkte er, dass er und seine Unterstützer überfordert waren, also begann er zu schreien:

„Verrückt! Du wirst die Menschheit zum kollektiven Selbstmord führen!

Als derzeitiger Präsident der Zentralregierung von Galáxico forderte Leo Proebe Schweigen und kündigte an:

„Es wird abgestimmt!

Er brach seine Nerven und rechnete damit, dass er besiegt werden würde, wandte sich Professor Hartman an den Präsidenten und explodierte:

„Das ist lächerlich, Herr Präsident! Es gibt Dinge, die sollten nicht den Kretins zur Abstimmung gestellt werden!

Seine beleidigenden Worte lösten mit wütenden Protesten einen neuen Tumult aus, bis der Präsident abgelöst wurde

„Bitte, Professor Hartmann! Seien Sie zurückhaltender. Jeder der hier versammelten Männer verdient deinen Respekt,

„Nein, wenn sie sich wie Dummköpfe benehmen! Das demokratische Wahlsystem hat mehr als einmal zu einer Katastrophe geführt. Ich lache über den Witz der Menschheit! Es ist ekelhaft!

Und unter lautem Protest verließ er die Versammlung und murmelte leise vor sich hin:

"Ihr Idioten! Ich werde den Plan ändern müssen ... Sie werden mich zwingen, sie alle zu zerstören!

Dann, schon auf der Straße und ruhiger, überlegte er noch einmal:

"Ich werde es konsultieren ...

KAPITEL III

Lise Borg schaltete den Autopiloten ein und machte sich keine Sorgen mehr um das Fahrzeug.

Das Mädchen hatte vollständige Sicherheit in dem elektronischen System, das den intensiven Verkehr regelte, durch eine endlose Anzahl von Fotozellen, die jedes Mal in Betrieb gingen, wenn ein Fahrer seinen Autopiloten einschaltete. Dank des ausgeklügelten Systems wurden die Verkehrsunfälle in den letzten hundert Jahren auf ein Minimum reduziert. Praktisch konnte kein Fahrzeug mit einem anderen kollidieren, da die Lichtschranken effektiv auf die Bremsen wirkten und dem Auto, das den Vorzug hatte, ohne Geschwindigkeitsreduzierung passieren ließ.

Auch Überschläge oder Ablenkungen auf den Autobahnen waren völlig ausgeschlossen; Der Magnetismus der Schiene wirkte so auf die Räder, dass das Fahrzeug selbst bei völliger Bewegungsfreiheit das Fahrzeug nicht verlassen konnte, es sei denn, die entsprechende Steuerung wirkte nicht frei von dieser Magnetkraft.

Diese Sicherheit war das Ergebnis der Technik und Wissenschaft, die der Mensch erreicht hatte, um seine ständige Entwicklung auf dem alten Planeten, den er bewohnte, zu verbessern.

Von der Abteilung für Akustik bis zum Prestwich Astrodrome wusste Lise Borg, dass es mehr als zwölfhundert Meilen waren, und mit ihren blauen Augen blickte sie auf die Landschaft, die an ihnen vorbeiraste. Sehr grüne Wiesen, weit entfernte Berge mit Blau- und Brauntönen und ab und zu Baumgruppen, die die Nähe eines Bauernhofs, eines Weilers oder einer Kolchose ankündigen.

Dieses ruhige Leben, bukolisch und friedlich, weg von der ständigen Hektik der Großstadt, wo alle in Eile zu sein schienen und immer die Sekunden zählten, als würden sie sterben.

Wie sie, Lise Borg.

Als sie die Frau von Captain Blay Farrell war, würde sich natürlich alles für sie ändern. Er war im Prestwich Astrodrome stationiert und sie würde die laute Akustikabteilung, in der sie arbeitete, für immer verlassen. Da war alles Lärm, komplizierte Geräte, um diese zu messen, zu kontrollieren und deren Intensität zu kennen; oszillierende Displays, die in großen Graphen aufgezeichnet werden Hertz, die Frequenzeinheiten, die einer Schwingung oder einem Zyklus pro Sekunde entsprechen

Was bedeuteten ihr die Geräusche? Seit er Captain Blay Farrell kannte, interessierte er sich nur für das, was seine männlichen Lippen hervorbrachten, wenn er ihm Liebesworte sprach. An I Love You von Blay Farrell war die ganze Bandbreite an Sounds wert, die er während seiner Stuntkarriere mit seinem Computer aufnehmen konnte.

Obwohl Lise Borg, um ehrlich zu sein, zugeben musste, dass das eindringliche Gefühl der Liebe sie gerade durch das Studium der Klänge erreicht hatte.

Er erinnerte sich perfekt an diesen Tag, er würde ihn nie vergessen. Sie war vor ihrem komplizierten Computer, der die Intensität einiger Vibrationen registrierte, als eine Männerstimme hinter ihr war und sagte:

„Hey, Blonde, willst du mir sagen, warum zum Teufel sie uns diese Vorladung geschickt haben?

Lise Borg hatte sich wütend umgedreht, um den unpassenden Besucher anzusehen und ihn anzuschreien, er solle ihr Labor verlassen. Aber in Gegenwart dieses Mannes, ohne zu wissen warum, stoppte er seinen Schwung und konnte nur mit halb geöffnetem Mund bleiben.

Wie ein dummes Schulmädchen!

Als er sich erholt hatte, ging er auf den großen, breitschultrigen Mann in der Uniform eines Captains der Space Forces zu. Sie fühlte sich von Kopf bis Fuß von ihm beobachtet und konnte auch erkennen, dass er widerspenstiges Haar, braune und graue Augen mit stechenden Pupillen hatte.

Verwirrt errötete sie bei der bewundernden Beobachtung des Mannes, der die Gestalt in seiner Hand zeigte, als sie sagte:

„Auf welche Vorladung beziehen Sie sich, Captain?

„Das! Ich halte es für nicht angebracht!

Jawohl; Lise Borg erinnerte sich sehr gut an dieses Treffen mit Blay Farrell. Und jetzt, als sie in seine Arme lief, lächelte sie und dachte, es sei nur natürlich, dass sie ihn so liebte. An diesem Nachmittag war er sehr arrogant und attraktiv, trotz seiner Wut über die Vorladung in die Akustikabteilung.

Sie erinnerte sich auch daran, dass sie bei ihrem Ausruf vorwerfen konnte:

„Das einzig Unpassende hier sind Sie, Captain! Er hätte diesen Raum nicht betreten sollen, ich habe gearbeitet und mit seiner dröhnenden Stimme hat er alles verdorben. Die Aufzeichnung des Sounds, den ich analysiert habe ...

Aber er ließ sie nicht ausreden und wedelte mit seinen braunhäutigen Händen, schnitt er ab:

„Zu dem Punkt, Blondie, ich bin hergekommen, weil mir ein Mädchen gesagt hat, dass du der Boss bist. Wir wollen wissen, Colonel Holtzman und ich, welche Beschwerden Sie gegen uns haben. Dieses Papier sagt ...

„Ich weiß sehr gut, was diese Vorladung sagt, Captain! Ich habe es unterschrieben!

Dann wurde er höflicher und korrekter und akzeptierte:

"Nun ... Wenn es nur ein Termin gewesen wäre, um mit Ihnen zu Abend zu essen ...

„Nicht zum Abendessen, Captain! Es soll Sie warnen, dass Ihre Jets beim Überfliegen der Stadt nicht so viel Lärm machen. Sie machen alle unsere Geräte kaputt und oft müssen wir die Arbeit wiederholen.

»Hören Sie, Blondie, Colonel Holtzman und ich können unseren Männern befehlen, nicht zu pfeifen oder zu sprechen, wenn sie über die Stadt fliegen. Versteht? Aber ... Können Sie mir sagen, wie wir die

Motoren so anordnen können, dass sie weniger Lärm machen, damit sie Sie nicht stören?

„Sie werden einen Weg finden, Captain ...

„Farrell, Blondine ... Blay Farrell.

"Danke, Captain Farrell ... Nun, wie gesagt, Sie werden einen Weg finden, um zu vermeiden, dass sie die Abteilung für Akustik passieren.

„Wollen Sie, dass wir das heute Abend besprechen, Miss? Ich könnte sie holen kommen und während wir zu Abend essen...

„Ich weiß nicht, ob ich sollte. Mich...

„Fragen Sie sich, ob Sie wollen, was besser ist. Ich bin um sieben hier!

Blay Farrell hatte sich auf dem Absatz umgedreht und hatte keine Zeit, etwas dazu zu sagen. Aber sie war weggegangen, weil sie seit diesem glücklichen Nachmittag immer getan hatte, was er wollte. War es nicht tief in seinem Inneren, ihn zufrieden zu stellen, selbst glücklich?

Obwohl jetzt...

Jetzt tat er etwas, was Blay Farrell ihm verboten hatte; nähern Sie sich der Prestwich-Basis.

Natürlich rechtfertigte sich Lise Borg damit, dass eine verliebte Frau sieben lange Wochen Trennung nicht ertragen könne. Colonel Alster Holtzman hatte seinen Piloten befohlen, die Basis unter keinen Umständen zu verlassen, und deshalb würde sie den Mann besuchen, den sie liebte.

Was konnte an der Basis passieren, damit Blay Farrell und die anderen Piloten nicht herauskamen?

KAPITEL IV

Lieutenant Pat Summer tippte auf den König und der Chip fiel auf das Schachbrett und gewann seinen Partner Dickson Lolman. Und um seine Niederlage zu rechtfertigen, kommentierte er:

"Nun, Glück im Spiel, elend in der Liebe." Sie wissen bereits!

Der joviale Dickson Lolman lächelte ebenfalls und lehnte ab:

„Bei dir geht das nicht. Du hast seit einem Jahrhundert kein Mädchen mehr geküsst!

„Ich? Ich habe so viele wie ich will.

„Nun, jetzt! Deshalb hast du Shorts Freundin angefleht, dir einen Freund zu suchen, damit ihr vier zusammen ausgehen könnt. Hier erfahren wir alles, Schlingel.

„Natürlich gibt es, wie in diesen Wochen, die wir hier eingesperrt haben, nicht mehr zu reden und zu klatschen. Wiesel!

Der Offizier namens Short protestierte und erinnerte seine Gefährten daran:

„Was ist mit Patrouillenflügen, Dickson?

„Beschwer dich nicht, Short. Vielleicht haben wir wenig Glück und wir haben es geschafft, eine dieser Fliegenden Untertassen abzufangen. Du könntest auf einen schönen Marsmenschen treffen und ... mir wurde gesagt, dass sie sehr hübsch sind!

Das Lachen war allgemein und einer der Piloten fügte dem Feuer Treibstoff hinzu:

„Hübsch? Glaub es nicht, Dickson. Sie haben mir gesagt, dass sie schrecklich sind! Mit zwei Hörnern auf der Stirn und einem einzigen Auge ... Schielen, um genau zu sein!

Sie mussten sich in den sieben Wochen, die sie in der Basis eingesperrt hatten, mit etwas unterhalten. Der Befehl, den der Oberst vom Verteidigungsministerium erhalten hatte, war unverblümt: Unter keinen Umständen durfte das Astronomiegebäude verlassen werden. Die Patrouillenflüge würden konstant sein, Tag und Nacht.

Der große Stützpunkt Prestwich war für die Überwachung des gesamten Luftraums des amerikanischen Kontinents verantwortlich, von Alaska und der Beringstraße bis zum Kap Hoorn und der Antarktis, und das auf einer Höhe, die die maximale Obergrenze moderner Reaktoren war.

Die Raumschiffe, von denen fünfzehn für die Basis bestimmt waren, würden den gleichen Dienst tun, aber aufgrund ihrer größeren Flugkapazität bis zu fünfzehntausend Kilometer zurücklegen, den Weltraum bewachen und den Befehl haben, jedes Schiff abzuschießen, das per Funk nicht erkannt.

Natürlich war das Verteidigungsministerium gezwungen gewesen, Oberst Alster Holtzman über die Gründe für solche Überwachungsmaßnahmen zu informieren. Man konnte keine Männer in den Kampf schicken, ohne ihnen zumindest etwas über die Art von Feinden zu sagen, denen sie sich stellen müssten. Bei der Behandlung eines solchen Problems entstand das Wort Marsianer, obwohl General Paul Quiin darauf bestand, dass der Begriff unter keinen Umständen verwendet werden sollte, da absolute Gewissheit über die mysteriösen Fliegenden Untertassen bestand.

Konkret: Alle Air Bases auf der Erde mussten Tag und Nacht überwachen, um UFO-Flüge abzufangen.

Sie wollten der Spionage der Unidentified Flying Objects ein Ende setzen. Von dieser Wachsamkeit könnte das Leben aller Bewohner der Erde abhängen, die endlich ihre natürliche Kurzsichtigkeit vergessen, bereit, sich dem großen Problem zu stellen.

Der entscheidende Moment war gekommen.

Wenn es stimmte, dass sie Tausende von Jahren durch den Weltraum gewandert waren, um die Verteidigung des Planeten zu überwachen und möglicherweise zu zerstören, war es jetzt an den Bewohnern der Erde, sie bei ihrer beharrlichen Spionage zu überraschen.

Geologen behaupteten, dass sich die Erde seit Milliarden und Abermilliarden von Jahren im Weltraum dreht. In all dieser Zeit, so lange wie eine Ewigkeit, hatte der Planet viele Wechselfälle aller Art durchgemacht. Die Wechselfälle der letzten zwanzigtausend Jahre waren nicht geologischer Natur, sondern von inneren Konflikten gewesen, die ihre eigenen Bewohner geschaffen hatten.

All das war endlich überwunden. Auf der Erde herrschte Frieden und die galaktische Zentralregierung regierte das Schicksal von dreißig Milliarden Wesen, die sich nicht mehr der gegenseitigen Vernichtung verschrieben hatten.

Aber anscheinend begann jetzt ein neuer Zyklus. Der Zyklus der außerirdischen Kämpfe mit kosmischen Wesen, Bewohnern anderer Planeten, die möglicherweise die Erde von einer anderen Galaxie aus beobachteten.

Ein düsteres Panorama voller Unbekannter.

Aber die Piloten der Prestwich-Basis waren junge Männer, voller Leben und begierig, ihren Planeten zu verteidigen. Als sie die überraschende Nachricht erhielten, ließen sie sich nicht einschüchtern und scherzten lieber miteinander, bevor die Stunde der Wahrheit kam.

* * *

Ein rotes Licht flackerte über die Tafeln des Checkpoints der Prestwich Base. Der Posten trat ans Mikrofon, um zu verkünden:

„Offizier im Dienst! Ein Fahrzeug nähert sich der Startbahn Nummer sechs.

In der Kabine erhielt Lieutenant Dickson Lolman die Mitteilung und antwortete:

„Okay, Junge. Wenn Sie nicht auf die Cheviot Hills Road abbiegen, sagen Sie dem Fahrer, dass Sie nicht weiterfahren können. Niemand sollte die Basis betreten oder verlassen!

„Nun, Herr.

Doch eine halbe Stunde später hatte der Posten die blonde Lise Borg vor sich, die ihn angesichts seiner Weigerung fragte:

„Wer ist der Wachoffizier?

„Lieutenant Dickson Lolman, Miss. Aber ich wiederhole das...

„Sagen Sie ihm, dass Miss Lise Borg mit ihm sprechen muss.

Der Posten sah das schöne blonde Mädchen noch einmal an und gab schließlich mürrisch zu:

„Einverstanden! Ich habe niemanden gesehen, der sturer ist als Sie, Miss.

Eine Sekunde später teilte er mit:

„Hier ist eine blonde Venus, die mit Ihnen sprechen möchte, Lieutenant Lolman. Bestehen Sie darauf, die Basis zu betreten! Ich habe es dir schon gesagt ...

Lieutenant Dickson Lolman, der durch das Visophon weiter in den Bildschirm spähte, unterbrach die Wache, indem er wiederholte:

„Eine blonde Venus, Junge?

Alle anderen Beamten sahen ihn an und er fügte hinzu:

„Wir haben sie schon hier! Aber statt Marsmenschen sagt die Wache, sie sei Venusianerin und ...

Die anderen Beamten lächelten über seinen Kommentar, obwohl Pat Summer abwehrend mit der Hand winkte:

„Bah! Du kannst es für dich behalten, Dickson. Ich gebe es dir!

Ernster, der Wachoffizier blickte auf den Bildschirm der Gegensprechanlage:

„Was zum Teufel will diese Blondine, Junge?

»Sie sagt, sie heiße Lise Borg und sei die Verlobte von Captain Blay Farrell, Sir. Er kam mit seinem Auto wie eine Rakete an, ignorierte die Verbotsschilder und versicherte, dass er nicht gehen werde, ohne mit dem Kapitän zu sprechen.

„Lise Borg?“ rief der diensthabende Offizier aus.

Und dann, nach kurzem Zögern, verkündete er:

„In zwanzig Minuten bin ich da, Junge. Ich gehe auf die Heuschrecke!

Für das gesamte Personal der Prestwich-Basis waren ein Grasshopper die modernen Düsenhelikopter, die im Allgemeinen verwendet wurden, um von einem Teil des Astronomiesystems zum anderen zu gelangen. Sie nannten auch die kleinen zweisitzigen Flugzeuge, die von Atombatterien angetrieben wurden und noch schneller waren, Stork.

Lieutenant Dickson Lolman passte seinen Pilotenanzug an, verlangte von einem der Pfleger den Helm und verkündete den anderen Offizieren:

„Blays Freundin ist hier. Ich weiß nicht, was ich ihm sagen soll!

»Die Wahrheit, Dickson, der Dienst hat.

„Und denkst du, es ist normal, dass wir seit zwei Monaten im Dienst sind? Blay hat sie früher fast jeden Tag gesehen.

„Befehle sind Befehle, Dickson. Niemand sollte wissen, dass wir auf der Jagd nach Fliegenden Untertassen sind!

Die krächzende Stimme von Oberst Alster Holtzman, bestätigte, als er die große Offiziersstube betrat:

»Gut gesagt, Lieutenant Masson ... Unsere Mission ist ein strenges Militärgeheimnis. Jede Ablenkung könnte eine kollektive Panik mit schwerwiegenden Folgen bedeuten.

Sie alle streckten ihre Köpfe vor dem Kopf der Basis, der hinzufügte:

»Ich komme mit, Lieutenant Dickson. Ich rede mit Blays Freundin.

„Danke, mein Lord. Sie ist eine gute Freundin und es wäre mir peinlich gewesen, sie anzulügen.

„Wir werden es tun müssen, Lieutenant. Gehen!

Minuten später, die Strecke von der neuralgischen Steuerung der Basis bis zur Startbahn Nummer sechs zurücklegend, landete der

Düsenhelikopter auf hundert Meter, wo der Posten mit einem nervösen blonden Mädchen wartete.

Colonel Alster Holtzman salutierte militärisch, während Lieutenant Dickson Lolman der Frau die Hand reichte:

Hallo Lise. Wie ist es hier?

„Sehr ungeduldig, Dickson. Was ist mit Blay? Ich habe ihn seit einem Jahrhundert nicht mehr gesehen!

Der Oberst intervenierte:

„Miss Borg... ich fürchte, Sie werden Captain Farrell nicht sehen können. Und ich nehme an, er hat ihr gesagt, dass sie nicht hierher kommen sollte.

„Sie haben es mir erzählt, Colonel. Aber es ist ungefähr zwei Monate her und ich...

„Das macht nichts, Miss! Captain Farrell kann die Basis nicht verlassen. Empfangen Sie auch keine Besucher!

Lise Borg hatte mit dem Mann schon einmal gesprochen, und sie erinnerte sich, dass er ihr gegenüber noch nie so schroff und distanziert gewesen war. Er kreuzte kurz seine blauen Pupillen mit den braunen des jungen Lieutenant Dickson Lolman, um die Frage zu stellen:

"Was ist los, Colonel? Es gab nie Unannehmlichkeiten für Familienmitglieder, ihre Piloten zu besuchen. Ich war schon oft hier und ...

„Jetzt ist alles anders, Miss. Sie müssen es so zugeben und keine Fragen mehr stellen.

„Das ist unmöglich, Colonel. Blay und ich haben vereinbart, in drei Tagen zu heiraten!

„Sie werden die Hochzeit verschieben müssen ... vorerst.

„Weil?“ Wieder suchte er die Augen des Freundes, als er den Leutnant direkt fragte.“ Ist Blay etwas passiert? Bitte, Dickson... Du musst es mir sagen!

Dickson Lolman war aufgebracht und konnte nur sagen:

„Blay geht es gut, aber wir... Der Colonel wird Sie informieren.

Ebenfalls verärgert über die Beauftragung des Offiziers log Alster Holtzman:

„Captain Farrell sowie andere meiner Offiziere sind ... sind. Verhaftet!

Er sah die Überraschung und den Schrecken in den Augen des Mädchens und erweiterte:

„Es ist nicht von großer Bedeutung ... Einfache Unregelmäßigkeiten im Service. Sie werden verstehen, dass wir Disziplin und ...

»Entschuldigen Sie sich nicht, Colonel. Das sind Dinge, auf die ich nicht eingehen sollte. Aber ich sehe keinen Grund, Blay nicht zu begrüßen, wenn ich erst einmal hier bin. So schwerwiegend sein Fehler auch gewesen sein mag, ich denke ...

Sie mussten anhalten, als sie die Schritte des Postens hörten, der aus dem Kontrollturm am Eingang auf sie zulief und rief:

„Colonel! Dienstoffizier!

Der energische Alster Holtzmann wirbelte auf dem Absatz herum und fragte unbeirrt, den Blick auf den Soldaten gerichtet:

" Was ist los?

„Es ist vom zentralen Kontrollpunkt, Sir! Sie erhalten Nachrichten von Captain Farrells Schiff, Colonel! Es ist sehr dringend!

Mit Schrecken in den Augen sah Lise Borg den Soldaten an, der gelogen hatte, als sie ihn daran erinnerte:

»Haben Sie mir nicht erzählt, dass Blay verhaftet wurde, Colonel? Wie steuert er ein Schiff?

Da war keine Antwort.

KAPITEL V

Colonel Alster Holtzman hatte nicht geantwortet, weil er mit der Sprechanlage beschäftigt war, und fragte abwechselnd:

„Was ist los, Major? Sprechen Sie bald!

Die Stimme kam zu ihnen und teilte ihnen deutlich mit:

„Ich habe Sie zu Captain Farrell gebracht, Sir. Dein Schiff hat ein Geschwader Fliegende Untertassen gesichtet ... Und sie stürzen sich auf dich!

Unfähig, sich dem zu entziehen, wie von einer Feder erschüttert, schubste Lise Borg Lieutenant Dickson Lolman und den Colonel mit dem Ellbogen weg, eilte zum Mikrofon und rief:

"Blay! Blay! Kannst du mich hören Baby Ich bin es! Lise!

* * *

Ungefähr zehntausend Meilen über der Erde, zum hundertsten Mal in diesen drei Tagen ständiger Patrouille, befahl Captain Blay Farrell seinem Co-Piloten:

„Schließen Sie den Radarschirm an, Claney.

Claney Hill warf dem Schiffskommandanten einen Blick zu und informierte ihn:

„Wir haben wenig Energie, Blay. Dieser Klatsch ist sehr aufwendig.

„Was ist mit den Generatorbatterien, Sergeant Yay?

Sergeant Yay Banto wiederum berichtete:

„Wir hatten eine Panne, Kapitän; ein Kurzschluss hat sie deaktiviert.

Blay Farrell schaute auf das Armaturenbrett, las einige Zahlen und gab nach einer mentalen Berechnung an die Schiffsbesatzung weiter:

„Wir sind zurück, Jungs. Ich will schon ein gutes Bad nehmen!

Lieutenant Claney Hill schaute auf die Atomuhren und hielt es für angebracht, seinen Chef daran zu erinnern:

„Unsere Patrouille endet nicht vor 6.15 Uhr, Blay. Wir haben noch drei Stunden vor uns.

„Ich werde dem Colonel sagen, dass wir einen Fehler in den stromerzeugenden Batterien hatten. Noch drei Flugstunden, und du sagst mir, wie wir landen wollten.

Der Radarschirm war wieder eingeschaltet worden, und in diesem Moment beugte sich Claney Hill vor, um den Lichtfleck, der sich schnell änderte, besser zu sehen.

Und ihre Stimme kam erschrocken heraus:

„Schau dir das an, Blay! Dieses Schiff ist auf uns!

Blay Farrell rechnete noch einmal nach, seine Pupillen waren auf den Lichtpunkt auf dem Radarschirm fixiert.

„Es kann nicht Yoshis Schiff oder Rays Schiff sein! Yoshi muss auf der Höhe von Hawaii über den Pazifik fliegen.

Er reagierte schnell und schaltete das Radio auf der genauen Frequenzwelle ein und sprach aufgeregt:

"Yoshi? Hier Eagle I bis Eagle II ... Ich wiederhole: Eagle I bis Eagle II ... Hörst du mich, Yoshi?

Yoshi-Itos Stimme mit seinem schrecklichen Englisch von seiner Geburt in Japan erreichte sie und bestätigte:

„Eagle II an Eagle I. Ich höre dich perfekt, Blay. Was geschieht?

Der ruhigere Kapitän Blay Farrell fragte:

„Folgen Sie Ihrer normalen Flugroute, Yoshi?

"Natürlich, Blay. Warum sollte er nicht? Hier geht alles ohne Neuigkeiten weiter, obwohl mit jedem Pass, den wir zu den Hawaii-Inseln fahren, den Neid meiner Jungs weckt. Wir würden gerne an den goldenen Stränden von schwimmen gehen Honolulu!

Während sie sprachen, starrten Blay Farrells Augen immer wieder auf diesen unheimlichen Lichtpunkt auf dem Radarschirm und verkündeten dem Kommandanten der Schiffsära:

„Kurz, Yoshi ... ich werde versuchen, mit Ray zu kommunizieren.

Die Wellenfrequenz wurde nach und nach geändert, kündigte Blay Farrell an:

„Adler I bis Adler III. Kannst du mich hören, Ray?

Diesmal war die Stimme neugierig und Ray Stell erreichte sie, indem er berichtete:

„Perfekt, Blay. Wir sind jetzt knapp! Für unsere Uhren zwei Stunden und fünfundvierzig Minuten, um erleichtert zu werden. Drei Tage hier rumzuhängen ist ziemlich langweilig, Leute.

„Du gehst deinen normalen Weg, richtig, Ray?

„Welches Heilmittel? Sie und Yoshi hatten mehr Glück. Wie wäre es mit den Küsten von Kalifornien und Kanada?

"Wunderbar, Ray! Aber da ist etwas, das ich nicht ganz verstehe. Auf unserem Bildschirm haben wir einen Lichtpunkt, der immer näher kommt. Wenn es so weitergeht, haben wir es in ein paar Minuten oben drauf ...

Ray Stells kehlige Stimme erreichte sie, gerinnt von Bedenken:

"Ein ... ein Lichtpunkt, sagst du, Blay?" Meinst du ein Raumschiff?

"Ja, Ray ... ich habe auch mit Yoshi kommuniziert und weder er noch du können es sein. Von dem, was ich denke, kann es sein ...

„Eine fliegende Untertasse, Blay? Nicht!

„Das ist es, Ray... und nicht einer. Es gibt einige!

Blay Farrell unterbrach die Kommunikation mit dem Schiff Eagle III und suchte nach der Frequenzwelle, die ihn mit der Prestwich-Basis in Kontakt bringen würde. Und als sie mit dem Senden der Signale fertig war, die sie identifizierten, war sie in der Lage, den Major des Central Control Tower zu informieren, ohne sich mehr die Mühe zu machen, auf den Radarschirm zu schauen:

»Major Loring ... Halten Sie sich fest, Sir! Wir haben fünf Fliegende Untertassen, die sich entwickeln, um uns zu umgeben!

So etwas wurde erwartet, und in diesen langen sieben Wochen ständiger Patrouillen hatte jede Besatzung davon geträumt, die Unbekannten Flugobjekte als Erste zu entdecken.

Es war jedoch eine Sache, von dieser Begegnung zu träumen, und eine ganz andere, in Wirklichkeit vor den mysteriösen UFOs zu stehen.

Und anscheinend in einem Angriffsplan, der das von Kapitän Blay Farrell kommandierte Schiff umgibt. Was würde aus der Eagle I werden, trotz ihrer starken Triebwerke und des Atomarsenals, mit dem sie ausgestattet war?

Major Loring nahm den Rat des Kapitäns an, der die Nachricht überbrachte, klammerte sich fest an den Sitz und fragte:

„Bist du sicher, dass es Fliegende Untertassen sind?

Die Antwort war ohne Zweifel überwältigend:

„Das sind sie, Senior! Sehr große und glänzende Schiffe, die wie auf einer unsichtbaren Achse um sich selbst zu rotieren scheinen. Sie machen keinen Lärm und wir wissen nicht, ob sie Motoren haben oder welche Energie sie antreibt. Aber sie sind hier, ganz in unserer Nähe, und werfen farbige Strahlen von ihrer Basis, orange und blau, manchmal in grün und tiefrot wechselnd.

Die Informationen wurden durch die Stimme von Copilot Claney Hill vervollständigt, die ihrerseits an die Prestwich Base übermittelte:

»Sie scheinen keine Fenster zu haben, Sir. Sie sind metallisch und meiner Meinung nach hermetisch dicht. Bei der Geschwindigkeit, mit der sie rotieren, kann sie nicht gut beobachtet werden!

Major Loring schwitzte stark und war unfähig, Entscheidungen zu treffen, übermittelte:

„Colonel Holtzman ist nicht hier! Sie sagen mir, dass er die Kontrolle über die sechste Strecke übernommen hat!

Und dann, als ob man etwas vergessen würde:

„Folge mir, Blay! Glaubst du, sie werden sich nähern? Wenn ja ... Feuere deine Atomjets ab!

Blay Farrell, aus einem Instinkt der Selbsterhaltung heraus und dachte auch an das Leben der Männer, die sein Schiff bemannten, war im Begriff, die Kontrollen zu betätigen, die diese tödlichen, zerfallenden Waffen in Bewegung setzen würden. Ganz gleich, wie superzivilisiert die Wesen, die die Fliegenden Untertassen bemannten, waren, es war nicht anzunehmen, dass sie ihre Schiffe aus Material herstellten, das der atomaren Zersetzung standhalten konnte.

Aber seine Daumen versteiften sich, als er an die enorme Verantwortung dachte, die in diesen Momenten auf ihm lastete.

Wenn es mit einem der Atomjets, einem dieser fünf Schiffe, zerfiel, was könnte als nächstes auf der Erde passieren? Würden diese mysteriösen kosmischen Wesen später nicht gerechte Rache nehmen, wenn sie angegriffen werden?

Einen Augenblick lang sah er die Männer seiner Mannschaft an. Lieutenant Claney Hill war zu jung, um zu sterben. Sergeant Yay Banto hatte eine Frau und drei Kinder, von den verbleibenden fünf waren zwei weitere verheiratet. Würden sie alle dort sterben?

Blay Farrell hatte das nagende Gefühl, dass jede Sekunde, die verging, ein Jahrhundert dauerte. An wie viele Dinge könnte man sich in einem einzigen Bruchteil einer Sekunde denken!

Ohne zu wissen wie, übermittelte er Major Loring:

„Stellen Sie sich direkt mit dem Colonel in Verbindung, Major Loring. Viel hängt davon ab, was wir in den nächsten Minuten entscheiden, Sir.

„Ich verstehe, Blay... ich verbinde dich mit Turm Nummer sechs.

„Danke, Herr Major. Und noch etwas, Sir ... Ich werde die Atomjets vorerst nicht abfeuern ...

"Aber...

„Wir werden unsere Chancen nutzen und ihnen dabei zusehen, wie sie diesen Tanz um uns herum tanzen. Ich schätze, wir könnten zwei oder drei auflösen, aber die anderen ...

„Ich verstehe, Blay. Es ist eine umsichtige Maßnahme! Ich habe Sie mit Colonel Holtzman zusammengebracht.

Es war, als Blay Farrell, als er auf Gleis Nummer sechs direkt mit dem Turm kommunizierte, die Stimme der Frau, die er liebte, hörte, die ihn rief:

"Blay! Blay! Kannst du mich hören Baby Ich bin es! Lise! Sprich bitte mit mir!

Er war so verwirrt, dass er im Moment nichts sagen konnte.

KAPITEL VI

Er musste reagieren, ruhig sein und endlich konnte er senden, materiell umgekippt am Mikrofon:

„Hallo, Lise, Süße! Wie geht es dir, in der Basis?

Aber sofort dachte er, sie hätten andere Dinge, die viel wichtiger waren als sie selbst, und fragte mit eindringlicher Stimme:

„Suchen Sie nach Colonel Holtzman! Es ist sehr dringend, Lise!

Sogar sein Schiff ertönte die Stimme des Chefs der Basis:

„Was ist los, Kapitän Farrell? Major Loring sagte mir ...

Er zögerte einen Moment in Gegenwart der Frau, rechnete aber damit, dass jeder Einspruch bereits zu spät kam. Jede verlorene Sekunde könnte lebenswichtig sein und deshalb fragte er:

„Ist das wahr, Blay?

„Ja, Colonel. Es sind Fliegende Untertassen, UFO oder wie auch immer Sie sie nennen wollen! Aber sie sind hier! Vor uns und um uns herum, Sir!

„Schieße, Blay! Zerstöre sie!

„Es sind fünf, mein Oberst!

„Es ist dasselbe, Junge! Sie haben zwölf Atomraketen! Ich befehle dir zu schießen!

Blay Farrell berechnete die Siegchancen; es stimmte, dass sein Schiff zwölf Atomraketen hatte, sechs an jeder Seite. Aber sofort merkte er, dass er beim ersten Volleyschuss nicht alle fünf treffen konnte.

In diesem Tanz um sie herum, der ihnen makaber vorkam, in ihrer ständigen Drehung um eine unsichtbare Achse, befanden sich mindestens zwei der fünf seltsamen Flugobjekte außerhalb ihres Schusswinkels; derjenige, der vor ihnen stand, und derjenige, der auf dem Radarschirm anzeigte, dass er sie von hinten beobachtete.

Plötzlich musste Blay Farrell aufhören zu denken.

In den Ohrstöpseln, die sie trug, schien etwas zu explodieren und drohte, ihr Trommelfell zu verlieren. Nach einer Reihe von Klicks und verwirrten Geräuschen kam eine Stimme mit metallischen Glocken und befahl ihm:

„Folgen Sie uns, Captain Blay.

Lieutenant Claney Hill berührte seinen Ellbogen und rief:

„Unser Radio wurde manipuliert, Blay! Sie sind es, die es geschafft haben!

Eine Reihe von ohrenbetäubenden Geräuschen erreichte ihn wieder, bevor dieselbe unpersönliche, metallische Stimme erneut befahl:

„Folgen Sie uns, Captain Blay. Widerstehen Sie nicht. Sie werden nicht mehr in der Lage sein, mit der Erde zu kommunizieren. Folgen Sie uns, Captain Blay ... Folgen Sie uns, Captain Blay ... Folgen Sie uns, Captain Blay ...

Die metallische Stimme hörte nicht auf. Blay Farrell konnte diesen Refrain nicht länger ertragen und nahm seinen Helm und die Kopfhörer ab und versuchte, die Welle des Radios zu ändern.

Der Helm blieb auf dem Bedienfeld und die metallische Stimme ertönte weiter aus den Kopfhörern und wiederholte unermüdlich:

„Folgen Sie uns, Captain Blay ... Folgen Sie uns, Captain Blay ... Folgen Sie uns, Captain Blay ...

Der Copilot folgte seinem Beispiel, und Sergeant Yay Banto tat dasselbe hinter ihm, die beiden zogen auch seinen Helm ab. Aber nicht deshalb waren sie frei von der herrischen metallischen Stimme, die ohne Ermüdung fortfuhr:

„Folgen Sie uns, Captain Blay ... Folgen Sie uns, Captain Blay ...

Der Kommandant der Eagle I blickte auf seine Mannschaft, die sich sofort im zentralen Cockpit versammelt hatte. Blay Farrell las Verwirrung und Bestürzung in ihren Augen, aber keine Angst.

Nicht; Angst war noch nicht aufgetaucht.

Dies beruhigte ihn und ermutigte ihn, sie zu bestellen:

„Jeder an seinen Platz, Jungs. Ich bin nicht bereit, diesen Typen zu folgen, selbst wenn sie unsere Kommunikation abgefangen haben!

"Im Moment folgen sie uns", kommentierte Lieutenant Claney Hill.

Es stimmte, Blay Farrells Schiff segelte weiter durch den Weltraum in Richtung Prestwich Base, und die fünf Flugobjekte, die sie immer umkreisten, folgten dieser Richtung ebenfalls. Und anscheinend taten sie es ohne Schwierigkeiten, ohne erkennbare Belastung für ihre Motoren, falls sie welche hatten. Sie drehten sich einfach um und drehten sich schwindelerregend auf sich selbst, zur gleichen Zeit, wie sie es auch auf Eagle I tat, schneller oder langsamer, je nachdem, welches Schiff zur Erde gehörte.

Es war Corporal Doyer, der die Frage stellte:

„Werden wir sie erschießen, Sir?

„Ja, Doyer... Erschießen wir sie! Und das im Bruchteil einer Sekunde, wenn wir uns in der besten Aufnahmewinkelposition befinden. Okay Jungs?

"Jawohl Kapitän...

Claney Hill war immer noch hypnotisiert, blickte auf seinen Helm und lauschte der metallischen Stimme, die nicht aufhörte zu befehlen:

„Folgen Sie uns, Captain Blay ... Folgen Sie uns, Captain Blay ... Folgen Sie uns, Captain Blay ...

„Es ist wahnsinnig!“ rief der Copilot aus.“ Ich würde sie gerne in die Hölle schicken!

Mit einem schiefen Lächeln deutete Blay Farrell auf das Funkgerät.

„Versuch es doch mal, Claney... Vielleicht hören sie dir zu und laufen weg.

„Hör zu, du Dummkopf! Können Sie mich hören? Kannst du nichts anderes sagen? Wir werden dir nicht folgen! Du kannst zur Hölle fahren!

Neue metallische, schrille Geräusche kreischten aus den Ohrhörern und durchbrachen schließlich dieselbe metallische, unpersönliche Stimme:

"Sie liegen falsch ... Sie sind falsch ... Sie sind falsch ... Sie sind falsch ...

„Verdammt! Sie wollen uns verrückt machen!

Claney Hill schlug wütend auf seinen Helm, der über das Armaturenbrett rollte und über den Gashebel stolperte. Die Triebwerksdüsen traten in eine andere Phase ein, und das Schiff schien im Weltraum abzuprallen und erreichte volle Geschwindigkeit.

Dreißigtausend Kilometer pro Stunde ...

Als sie es schafften aufzustehen, schaute Blay Farrell nach draußen und alles blieb beim Alten. Anscheinend hatte die Tatsache, dass sie ihre Geschwindigkeit verdoppelt hatten, keinen Einfluss auf ihre fremden Verfolger.

Doch schon bald änderte sich das Bild.

Zwölf gelbliche Lichtstrahlen schossen von dem fremden Schiff, das sich vor ihnen drehte, und als die Spitzen dieser Strahlen das Landschiff trafen, spürten seine Besatzungsmitglieder einen elektrischen Schlag.

Sergeant Yay Banto konnte dem nicht widerstehen und rollte sich wieder auf dem Boden der Kajüte neben den magnetisierten Stiefeln seines Kapitäns. Blay beugte sich über ihn:

„Okay, Sergeant?

„Ja... ja, Kapitän. Ich habe erst das Gleichgewicht verloren, als ich diesen Ruck spürte.

Sie halfen ihm auf die Beine und er schaute in alle Richtungen und fragte:

„Hast du es auch gespürt?

„Ja, Sergeant. Und ich fürchte, das Schiff auch ... Sehen Sie sich das an!

Es war der junge Corporal Doyer, der sprach. Sein Zeigefinger zeigte auf das Armaturenbrett, wo ständig ein rotes Licht blinkte.

„Ausfall in der Sauerstoffreserve! Der Copilot schrie.

Er konnte nicht mehr zweifeln. Der Kampf würde bis zum Ende dauern und sie hatten gezeigt, dass sie elektrische Strahlen besaßen, mit denen sie versuchen würden, das Landschiff zu zerstören. Aber Blay Farrell berechnete, dass die Atomenergie, die seinen Eagle I enthielt, viel stärker war.

Zwölf Raketen, die ...

„Auf deine Beiträge!" schreien.

Er wollte seinen Helm auf dem Armaturenbrett abnehmen, als er bemerkte, dass die irritierende Litanei weiterhin aus den Kopfhörern drang:

"Sie tun Unrecht ... Sie tun Unrecht ... Sie tun Unrecht ...

Wütend griff Blay Farrell nach den Kontrollen zum Manövrieren, um das Zielen zu erleichtern. Und er murmelte durch die Zähne:

„Jetzt wirst du sehen! Ich versichere Ihnen, dass viele von Ihnen es spüren werden! FEUER!

Eines der seltsamen Flugobjekte hörte auf zu existieren und verwandelte sich in ein riesiges Aufflackern aller Farben, als ob der Regenbogen selbst explodiert wäre. Der Raum war von lodernden Explosionen erfüllt, und die Schockwelle dieser Auflösung erreichte das Landschiff. Die Besatzungsmitglieder hatten flüchtig den Eindruck, als sei die Sonne in tausend Teile zerbrochen, ein wenig aus ihrem Blickfeld verschwunden, hinter einer gigantischen Rauch- und Dunstwolke aller Farben, die immer pilzförmig nach oben aufsteigt.

Das Danteske-Spektakel wiederholte sich fast gleichzeitig dreimal rechts und links in Sekundenbruchteilen, und die Stimme von Corporal Doyer verkündete:

„Zielraketen eins, zwei und drei, Captain!

„Gut gemacht, Junge! "Gratulierte wiederum der Kommandant des Schiffes." Kommen wir zu den anderen beiden!

Er drehte den Steuerhebel schnell um neunzig Grad, damit in der schwindelerregenden Revolte die seitlich angebrachten Atomraketen direkt auf die beiden anderen ihm verbliebenen Feinde zusteuern konnten.

Aber es war eine nutzlose Arbeit und zu langsam für die enorme Geschwindigkeit seiner beiden Feinde, die, schneller als sie, auch die Richtung wechselten. Blay Farrell wiederholte das Manöver schneller, und alles ging auf die gleiche Weise weiter. Ein dritter Versuch mit den bereits angegriffenen Nerven brachte keine besseren Ergebnisse.

"Es ist nutzlos! "Protestiert." Sie schlagen uns in Geschwindigkeit und Beschleunigung in Manövern. Wir können sie nie wieder überraschen, diese beiden in Reichweite zu haben!

Zum ersten Mal in diesen qualvollen Minuten schien der junge Lieutenant Claney Hill die Kontrolle über seine Nerven zu verlieren und rief:

„Was können wir tun, Blay? Jetzt werden sie uns aus einer Laune heraus mit ihren elektrischen Strahlen niederstrecken!

„Beruhige dich, Claney, beruhige dich ... Wenn sie es noch nicht getan haben, wird es für etwas sein.

Es ging weiter abwärts und die Konturen der kalifornischen Küste waren bereits mit bloßem Auge perfekt zu erkennen. Das Meer und das Land kamen mit großer Klarheit zum Vorschein und flüchtig dachte Blay Farrell, dass es dasselbe sei, an einem Ort zerstört zu werden als an einem anderen. Vielleicht besser im Ozean, um sich die Mühe zu ersparen, sie zu identifizieren.

Als ich darüber nachdachte, fiel mir ein Name ein, Lise Borg, sie hatte davon geträumt, ihn zu heiraten und jetzt ...

Mit einer Kralle erwischte er den Rumpf mit den neugierigen Kopfhörern, wo unpersönlich, als wäre den drei seltsamen Begleitschiffen der anderen beiden, die sie weiterhin verfolgten, nichts passiert wäre, die metallische Stimme weiter sagte:

"Sie tun Unrecht ... Sie tun Unrecht ... Sie tun Unrecht ...

„Worauf wartest du, Feiglinge? Raus aus uns!

Vor seinen Schreien im Radio wechselte die Litanei eine andere, die ebenfalls aus den Kopfhörern kam:

"Steig weiter abwärts ... Weiter abwärts ... Weiter abwärts ...

Blay Farrell starrte seinen Co-Piloten Claney Hill an.

„Es scheint, dass sie jedes Mal, wenn wir mit ihnen sprechen, nur das Lied ändern. Hast du es bemerkt, Claney?

„Ja! Und es ist sehr seltsam!

Hinter ihm kommentierte die Stimme von Sergeant Yay Banto:

„Seltsam ist, dass diese beiden, nachdem sie gesehen haben, was wir mit ihren Gefährten gemacht haben, uns nicht angreifen.

Blay Farrell kam über das Funkgerät zurück.

"Einverstanden! Lass uns landen ...

Sie mussten nur warten, bis die Reihe von schrillen metallischen Geräuschen vorüber war, um wieder die unpersönliche Stimme zu hören, die ihnen übermittelte:

„Wir folgen ihnen ... Wir folgen ihnen ... Wir folgen ihnen ...

„Wie schwer!“ „Wir folgen ihnen, wir folgen ihnen“ „hat Claney Hill abgeholfen.“ Warum wiederholen sie die Dinge so oft? Sie sehen aus wie alte Papageien.

Gelassener als sein Co-Pilot steuerte Blay Farrell die Höhle in Richtung Prestwich Base, nicht ohne im Radio anzukündigen, zumindest um die eintönige Melodie zu ändern:

„Warum bestehen Sie darauf, uns zu folgen? Sie werden dich dort unten erwischen!

Nach den metallischen Geräuschen sagten die Kopfhörer:

„Wir haben eine Panne ... Wir haben eine Panne ... Wir haben eine Panne ....

Gut; das war, als würde man leicht atmen. Sie näherten sich dem Stützpunkt Prestwich, nach dem, was sie jetzt immer wieder ankündigten, konnte man kalkulieren, dass sie sie nicht mit ihren elektrischen Bolzen angreifen würden. Es war alles sehr seltsam und rätselhaft zugleich.

Wenn die Besatzung dieser Flugobjekte Wesen von anderen Planeten, möglicherweise von einem anderen Sonnensystem, waren, verstanden sie dann nicht, dass sie dort gefangen genommen würden, wenn sie ihnen weiterhin folgten und auf der Erde landeten? Spielte eine solche Möglichkeit überhaupt keine Rolle? Fürchteten sie nichts? Waren sie völlig gefühllos und hatten sich deshalb nicht zum Zerfall der anderen drei Schiffe, ihrer Flugbegleiter, geäußert?

„Das alles macht mir große Angst", flüsterte Claney Hill leise. Sie wollen uns vielleicht niederstrecken, wenn wir auf der Basis sind, damit jeder ihre Macht sehen kann. Sie wollen, dass sie es auf der Erde gut herausfinden ... Sie werden sich rächen!

Blay Farrell starrte seinen nervösen jungen Copiloten an und meinte edel:

„Glaubst du nicht, dass sie tief drinnen das Recht dazu hätten, Claney?

„Warum, Bla?

„Du berechnest, Junge! Wir haben keine Ahnung von der Anzahl der Wesen, die diese drei Schiffe bemannt haben, die wir aufgelöst haben.

„Sie haben danach gefragt! Lass sie in deiner Welt bleiben und belästige uns nicht!

„Wir waren ungefähr zehntausend Meilen von der Erde entfernt, als wir sie fanden, Claney. Ich kenne kein Gesetz, das besagt, dass der Raum auf dieser Höhe zu unserem Planeten gehört.

„Monsergas, Blay! Sie wollten, dass wir ihnen folgen. Sie haben es tausendmal wiederholt, wie Papageien!

Die langsame Stimme von Sergeant Yay Banto ertönte wieder hinter dem Rücken der beiden Freunde und deutete:

„Das Seltsame ist, dass sie unsere Sprache sprechen, Captain.

„Richtig, Sergeant! Die gleiche Frage habe ich mir auch schon gestellt. Aber ich habe es aufgegeben, darauf zu antworten. Alles in allem ist alles sehr seltsam.

„Ja, mein Kapitän... da haben wir Prestwich!

„Gott gebe, dass die Start- und Landebahnen frei sind und wir landen können. Ohne Kommunikation für eine Weile konnten wir nicht berichten, was passiert ist und dass wir zurückkehren. Und das in guter Gesellschaft!

KAPITEL VII

Trotz der Verfolgungsjagd war das Manöver von Blay Farrell perfekt und er brachte das Schiff Eagle I auf Startbahn Nummer zwei, während die beiden fliegenden Untertassen, die sich schwindelerregend um sich selbst drehten, bis sie den Eindruck erweckten, sie würden sich nicht bewegen, dies taten. am Ende der Landebahn Nummer neun, ganz links von der Basis, wo es keinen Zement gab und der Boden ausgetrocknet und verlassenes Land war, ohne jegliche Nutzung.

Aus dem unteren Teil dieser zylindrischen Schiffe traten Dampfstrahlen in tausend Farben auf, die trotz der enormen Kraft, die beim Heben und Kalzinieren der Erde gezeigt wurde, wenig Lärm machten.

Endlich waren sie am Boden befestigt, etwa fünf Meilen vom Zentrum der Basis entfernt, alle in Bewegung und aufgeregt von dem nervösen Kommen und Gehen der Männer, die begierig darauf waren, ihren Platz einzunehmen.

Die Kanoniere stellten die Atomraketenkanonen auf die fremden Besucher zu. Auch die anderen konventionellen Waffen standen bereit: Zwanzig Stahlpanzer von enormen Ausmaßen setzten sich in Bewegung und führten zu rund fünfzig Fahrzeugen voller Soldaten, ebenfalls bewaffnet mit Panzerfäusten und Atomgewehren, die nur in Tests getestet worden waren.

Zwölf Feuerwehrautos rasten dorthin und donnerten mit dem Heulen ihrer Sirenen durch die Luft, was die Atmosphäre der Aufregung und Besorgnis noch angespannter machte. Zehn Jets starteten von den Start- und Landebahnen und begannen sich auf der Basis zu entwickeln, in ständiger Wachsamkeit gegenüber den seltsamen Artefakten, von denen niemand berechnen konnte, was sie in ihren zylindrischen Bäuchen mit einem Durchmesser von etwa hundert Metern enthielten.

Megaphon in der Hand, auf dem Bahnsteig eines rasenden Fahrzeugs auf Gleis Nummer zwei, wo bereits Blay Farrells Eagle I hockte, rief Colonel Alster Holtzman mit seiner tiefen Bassstimme immer wieder Befehle:

„Alle zu euren Posts! Möge jeder wissen, wie er seine Verpflichtung zu erfüllen hat! Ich will kein Versagen, Jungs!

Die Lautsprecher übermittelten auch Befehle durch die Basis, während Major Loring im Zentralkontrollturm, nervös und aus jeder Pore seiner Haut stark schwitzend, diese phänomenalen Nachrichten wiederum direkt an das Verteidigungsministerium der Zentralen Galaktischen Regierung übermittelte.

"Achtung! Achtung! Dies ist die Prestwich-Basis! Zwei UFOs sind auf der Basis gelandet! Sie sitzen etwa fünf Meilen vom Center Court entfernt! Sie sind abgestiegen und jagen Kapitän Blay Farrells Schiff! Wir ergreifen alle notwendigen Maßnahmen!

Jeder, der die Nachrichten hören konnte, verstand, dass er entscheidende Momente für die Erde erlebte. Die Geschichte der Menschheit würde sich ändern, von diesen Momenten an war die menschliche Rasse nicht allein im Universum, wie Millionen und Abermillionen von Jahren geglaubt wurde.

Niemand konnte sicher sein, ob dies zum Besseren ... oder zum Schlechten wäre!

Niemand konnte etwas erraten.

Gar nichts!

Die Antwort lag in diesen beiden riesigen Überraschungskisten, metallisch und glänzend in der Sonne, geschmolzen und hergestellt in einem anderen Sonnensystem, auf einem anderen fernen Planeten, auf anderen Welten.

Das zu spüren, war viel beunruhigender und gleichzeitig berauschender, als es Christoph Kolumbus und seine kühnen Matrosen bei der Entdeckung Amerikas hätten fühlen können.

Ja: Es war viel mehr so, weil es bedeutete, in eines der unendlichen Fenster des Universums zu blicken und in direkten Kontakt mit erdfremden Wesen zu kommen. Authentische Bewohner einer Neuen Welt, unendlich interessanter, als es die ersten amerikanischen Ureinwohner hätten sein können, die von Europäern begrüßt wurden, die zum ersten Mal den großen Atlantik überquerten.

Die Vorstellungskraft war verloren, darauf bedacht, Vermutungen anzustellen und Vermutungen anzustellen. Es war sinnlos, sich die Mühe zu machen, Ideen oder Bilder zu entwickeln, die möglicherweise angesichts der Realität sofort geändert werden mussten.

Man konnte nur hoffen. Und schau!

Wie waren diese mysteriösen Wesen und was wollten sie? Warum hatten sie sich schließlich dazu entschlossen, sich zu zeigen? Welche Gründe hatten sie dafür?

Das Unbekannte war immer noch da, in diesen beiden nicht identifizierten Flugobjekten, die jetzt endlich! sein würden.

Als sie sich näherten, informierte Captain Blay Farrell Colonel Alster Holtzman über alles, was passiert war. Der Leiter der Basis runzelte die Stirn und sagte nur:

„Seltsam, Blay ... Sehr seltsam!

Lise Borg hing fest an Blay auf der Plattform des Fahrzeugs, indem sie den Mann, den sie liebte, mit einem ihrer Arme um die Hüfte verband und dem Piloten erlaubte, ihren über ihre Schultern zu legen. Beschäftigt mit wichtigeren Dingen, die überstürzt worden waren, hatte Colonel Holtzman keine Möglichkeit gefunden, dem Mädchen das Betreten der Basis zu verbieten. Sie alle hatten eine schreckliche Zeit gehabt, als der Funkverkehr mit Eagle I und dem Mädchen unterbrochen wurde. Sie hatte es verdient, sich jetzt selbst davon überzeugen zu können, dass Blay Farrell und seine Männer sicher zur Erde zurückgekehrt waren.

„Ich habe schreckliche Angst! "Flüsterte das Mädchen und versteckte ihr Gesicht an der Brust des Mannes.

Die Hand nun frei vom Handschuh, drückte Blay Farrell mit liebevollen Bewegungen auf die weibliche Schulter und antwortete:

„Beruhige dich, Lise. Uns ist nichts passiert!

„Aber diese ... diese Männer, die da drin sind, in diesen Schiffen ...

Der Pilot lächelte, um die Frau zu beruhigen:

"Männer...? Wir wissen nicht, ob es Männer sind, Schatz.

„Schlimmer noch, Blay... Wenn sie sich als abscheuliche und monströse Wesen herausstellen, ich... ich...

„Du hättest nicht kommen sollen, Lise. Colonel Holtzman hätte Sie nicht...

Der Erwähnte drehte seinen Kopf zu ihnen und hörte auf, den Marsch des Fahrzeugs in Richtung des Ziels zu beobachten, wo sie alle zusammentrafen.

„Ich konnte nicht anders, Blay. Auf jeden Fall kümmerst du dich jetzt um deine Verlobte und halte dich von diesen ... diesen ... Artefakten fern.

Dann vergaß er, über das Megaphon neue Befehle zu rufen:

„Bilden Sie einen Kreis! Lass niemand näher kommen åls eine halbe Meile! Die Shock Section an vorderster Front! Stelle die Panzerfaust auf! Die 5. und 6. Kompanie, dahinter!

Er überließ das Megaphon einem seiner Assistenten, um sich dem im Fahrzeug installierten Radio zu stellen und mit den Jets zu kommunizieren, die über die Gegend flogen.

„Achtung! Achtung! Das ist Colonel Holtzman! Passen Sie genau auf, was ich sagen werde!

Bevor das Fahrzeug eine halbe Meile von den beiden riesigen außerirdischen Schiffen, umgeben von Fahrzeugen und den zwanzig Panzern voller Soldaten, hielt, warf Colonel Holtzman einen kurzen Blick auf die Männer, die die Schockkompanien bildeten, bevor er den Befehl erteilte. er fügte hinzu:

„Im Notfall, wenn sie sehen, dass der Kampf etabliert ist und wir beginnen, das Schlimmste zu ertragen. Fühlen Sie sich frei, die Bomben auf das Ziel zu werfen!

Blay Farrell erkannte die Stimme von Lieutenant Pat Summer, der jetzt den Jet-Trupp kommandierte. Und seine Frage hatte einen angstvollen Ton, als er über das Radio fragte:

„Die Bomben, Colonel? Willst du damit andeuten, dass wir euch auch geschlagen haben?

„Das habe ich gesagt, Lieutenant Summer! Wenn der Kampf beginnt und sie anfangen, uns zu schlagen ... Macht diese ganze Gegend dem Erdboden gleich!

„Ja, Sir ... Auf Bestellung!

Der Druck von Blay Farrells Hand auf Lise Borgs Schulter nahm zu. Ihre Blicke trafen sich und die beiden verstanden stumm die unverblümte Anweisung des Obersten: Wenn, als die Besatzungsmitglieder dieser Schiffe abreisten, der Kampf begann und leider die irdischen das Schlimmste zu ertragen begannen, warum zögern Sie dann, sie auch zu vernichten, wenn damit? Maß war es möglich, die fremden Besucher zu vernichten?

Den Tribut von fünf- oder sechshundert Menschenleben in Erwartung dessen zu zahlen, was aus diesen beiden Fliegenden Untertassen herauskommen könnte, war kein sehr hoher Preis.

Auf jeden Fall würde sich die gesamte Menschheit als Helden an ihre Namen erinnern.

Ja: Die Geschichte würde sie als die ersten Erdlinge anführen, die den Zyklus des neuen Kampfes begonnen hatten. Der Kampf gegen die Bewohner anderer Planeten. Aus anderen siderischen Welten.

Es wäre schade, wenn es so wäre, nachdem es der Erde endlich gelungen war, ihre inneren Probleme zu lösen und Frieden auf dem ganzen Planeten herrschte.

Plötzlich richtete Blay Farrell seinen Blick auf das Funkgerät des Fahrzeugs, in dem sie saßen. Von dort kamen metallische Geräusche, die er bereits zu hören glaubte, als er über sein Schiff flog. Der Fahrer versuchte vergeblich, die Welle einzuholen, die mit dem Jet-Trupp kommunizierte. Es gelang ihm nicht und nur die Anwesenheit des seltsamen Colonel Holtzman hinderte ihn daran, eine Absage zu erlassen.

Blay Farrell beruhigte ihn:

„Mach dir keine Mühe, Junge. Es ist deine Einmischung!

„Wie, Kapitän?

Die trockene Frage wurde von Colonel Holtzman gestellt, und der Pilot versuchte es zu erklären.

„Oben haben sie auch unser Funkgerät abgefangen. Entweder liege ich falsch, oder hinter diesen Geräuschen hören wir eine metallische Stimme, die ...

Blay Farrell lag nicht falsch. Das Autoradio begann zu summen:

„Wir haben eine Panne ... Wir haben eine Panne ... Wir haben eine Panne ...

Während er den monotonen Gesang unermüdlich fortsetzte, diesmal die Anwesenheit der Frau vergessend, platzte es Oberst Alster Holtzman heraus:

"Teufel! Verdammt! Sie schleichen um unseren Planeten und nachdem sie unser Funkgerät abgefangen haben, können sie nur noch verkünden, dass sie einen Fehler haben ...

Wütend wandte er sich dem Radio zu und brüllte weiter:

„Nun, verschwinde hier und wir reparieren dich, verdammt noch mal!

Seltsamerweise veränderte sich das Lied und wiederholte sich immer wieder diese Worte:

„Lass uns ausgehen ... Lass uns rausgehen ... Lass uns rausgehen ...

Alster Holtzman wandte sich an seine Offiziere und rief aus vollem Hals:

"Achtung! Alle Waffen bereit!

Fünfhundert Männer fixierten ihre ängstlichen Pupillen auf den beiden kugelförmigen Schiffen. Tausend Hände ballten ihre Waffen, schussbereit. Für einen Moment schien Stille in all dem abgelegenen Bereich der Prestwich-Basis zu sein, nur von den Pässen der Jets, die in großer Höhe flogen, von der Luft zerrissen, auch bereit, mit ihren Atombomben einzugreifen.

Das folgende Geräusch hätte Lise Borg vielleicht an das leise Zischen ihrer Kaffeekanne erinnert, als sie ihren Morgenkaffee machte oder als der Schnellkochtopf verkündete, dass das Essen fertig war.

Aber immerhin ein Spezialist für Akustik, identifizierte er das Zischen als Druckaustritt eines Tores, wenn es aktiviert wurde, wenn es geöffnet wurde. Und plötzlich traf ein intensiv weißer Lichtstrahl seine Pupillen.

KAPITEL VIII

Das Licht kam aus einer Luke, die in einem der kosmischen Raumschiffe geöffnet worden war, und hätte sie geblendet, wenn es nicht nach und nach, wie durch Regulierung seiner Intensität, auf das normale Licht einer 100-Watt-Glühbirne reduziert worden wäre.

Durch die erleuchtete Tür tauchte eine klappbare Metallleiter auf, und bald begannen die seltsamen Besatzungsmitglieder, teilnahmslos und starr wie Automaten, herabzusteigen.

Es war ein einzigartiger Moment, beispiellos in der Geschichte der Menschheit auf der Erde!

Sie waren Roboter!

Ja, ein Dutzend zwei Meter großer, breiter, massiver Roboter mit gelenkigen Gliedmaßen, die die Metallplatten ihrer großen Füße auf die Stufen der Leiter legen.

Als sie den Boden erreichten, verstummte das rhythmische Geräusch ihrer Schritte, und immer hintereinander folgten sie ihrem Vorgänger, wechselten die Richtung und marschierten rhythmisch auf den Beton der Gleise zu.

Es war eine erstaunliche und seltsame Szene.

Mechanische Wesen!

Das waren die Bewohner anderer Welten?

Absurd: Jemand musste sie unbedingt geschaffen haben.

Endlich wurde die Reihe von zwölf Robotern auf dem Gleis Nummer eins gestoppt und dort drehten sich die mechanischen Puppen wie disziplinierte Soldaten. Sie blieben starr und unbeweglich, als wären die Batterien oder die Energie, die sie belebte, erschöpft. Nur ein blaues Flackern in einem der Löcher in ihren quadratischen, metallenen humanoiden Köpfen verriet, dass dies nicht der Fall war.

Colonel Holtzman konnte endlich den Mund schließen, den er gegen seinen Willen offengehalten hatte. Und er flüsterte mit leiser Stimme:

"Nun, meine Herren ... Begrüßen wir unsere Besucher!

Mit einer Hand stoppte er die Bewegung von Lise Borg, die Captain Blay Farrell folgen wollte, und befahl dem blonden Mädchen:

„Nein Dame; jetzt wird sie ein braves Mädchen sein und hier bleiben. Nur der Kapitän und mein Assistent werden mich begleiten. Ihre Anwesenheit könnte sie stören und... darf nicht daran gewöhnt sein, so hübsche Frauen zu sehen!

Die Höflichkeit und die energischen Bemerkungen des Obersten hatten diese festliche Note, weil alles viel besser geworden war, als sie ursprünglich erwartet hatten. Glücklicher könnten die ersten Kontakte mit den fremden Besuchern nicht friedlicher sein, und das machte den Chef der Basis zum Witz.

Lise Borg protestierte nicht, und als die drei Männer hundert Meter vorrückten, meinte Blay Farrell:

„Ich denke, ich sollte mich alleine nähern, Colonel.

„Warum, Blay? Willst du später mit der Priorität dieser sensationellen Begegnung prahlen?

„Ich meine es ernst, Colonel. Sie können gefährlich sein!

„Ich glaube nicht, Blay... Sieh sie dir genau an: Sie scheinen perfekt disziplinierte Soldaten zu sein. Ich wünschte, meine Männer würden so standhaft bleiben! Es ist schön dich zu sehen!

Die drei Männer rückten weiter vor und schafften es, mehr Details zu erkennen, als sie sich den zwölf gebildeten Robotern näherten. Ja: sie hatten im Kopf zwei Schlitze für die Augen und einen unteren, als wäre es der Mund. Im gesamten Ensemble konnte man sehen, dass sie, wer auch immer ihre Erbauer waren, sich bemüht hatten, ihnen ein menschliches Aussehen zu verleihen.

Es wurde also mit den gelenkigen Armen und Beinen bezeichnet, mit Fingern an den Händen, die zu entsprechenden Bewegungen fähig sein konnten, um Utensilien zu handhaben. Der Körper war massiv, quadratisch wie ihre Köpfe, mit dem Rumpf durch eine Spirale verbunden, die es ermöglichen sollte, den oberen Teil nach rechts und links zu bewegen.

Blay Farrell berechnete, dass sie, obwohl sie aus Stahl-Aluminium waren, genauso gut tausend Kilo wiegen könnten; es hing alles von dem komplizierten Mechanismus in ihnen ab.

Nur noch wenige Meter vor ihm machte Blay Farrell absichtlich ein paar Schritte nach vorn und ließ den Colonel und seinen Adjutanten zurück. Und trotz der neuen Überraschung konnte er sich ein Lächeln nicht verkneifen, als er bemerkte, dass der erste Roboter, der die Formation anführte, sicherlich von Photozellen bewegt, die ihre Nähe ankündigten, seinen Metallarm ausstreckte und seine Hand ausstreckte.

Der Schlitz seines Mundes flackerte mit Blautönen und seine metallische, kalte und unpersönliche Stimme begrüßte:

"Hallo, wie geht es dir...? Hallo, wie geht es dir? Hallo, wie geht es dir?

Blay Farrell rechnete damit, dass die Litanei unermüdlich weitergehen würde, bis er antwortete und mit den Wellen seiner Stimme den Funkkreis unterbrach, der von dem elektronischen Gehirn aktiviert worden war, das bei seiner Annäherung aktiviert worden war. Und deshalb antwortete er immer noch lächelnd:

„Sehr gut, Freund. Und du?

Er hat sich nicht geirrt: Die wiederholte Frage des ersten Roboters wurde durch andere Worte ersetzt, die ebenfalls unermüdlich wiederholt wurden:

"Beschädigt ... Beschädigt ... Beschädigt ...

Colonel Holtzman und sein Adjutant blieben hinter Blay Farrell und beobachteten, wie der junge Pilot dem Roboter die Metallhand schüttelte. Und der Leiter der Basis sagte:

„Lass uns die Vorstellung aufheben, Blay! Das kommt mir alles lächerlich vor! Ein Armeeoberst, der ein paar Metallpuppen grüßt, weiß Gott, woher sie kommen!

Blay Farrell wandte sich ihnen zu, immer lächelnd:

„Sie sind vielleicht beleidigt, Colonel! Du musst Recht haben, findest du nicht?

„Richtig? Was haben sie uns für einen Schrecken eingejagt! Sieh dir den an, den sie gebildet haben!

„Wir, Sir, nicht sie. Glauben Sie mir, tief im Inneren bin ich froh, dass es nur um Roboter geht. Das befreit mich von dem Gewissen, drei Schiffe wie diese beiden zerlegt zu haben.

Holtzman vergaß die Kommentare des Kapitäns, als er dem ersten Roboter gegenüberstand, der immer wieder sein Lied sprang:

„Was ist mit dem anderen Schiff? Warum öffnet es nicht?

„Es ist nicht notwendig ... Es ist nicht notwendig ... Es ist nicht notwendig ...

„Was ist nicht nötig?" brüllte der Chef der Basis. „Wir müssen wissen, wer drauf ist! Wenn sie nicht auch rauskommen, gehen wir auf sie ein!

„Sie werden Unrecht tun ... Sie werden Unrecht tun ... Sie werden Unrecht tun.

"Nasen! Kein Roboter, egal wie perfekt, kann mir sagen, was ich auf dieser Basis tun soll und was nicht. Ist das klar, Freund? Und wenn ich beschließe, dass meine Männer dieses Artefakt betreten ... werden sie eintreten!

„Es wird schlimmer ... Es wird schlimmer ... Es wird schlimmer ...

„Wow!" rief der Oberst." Und oben droht uns!

Der erste Roboter begann die wiederholte Antwort zu formulieren, als Blay Farrell instinktiv seinen Sprechkreis unterbrochen haben musste, als er Colonel Holtzman ansprach:

„Bitte, Sir. Ich denke, wir sollten uns nicht aufregen. So überraschend es auch sein mag, alles ist besser, als wir dachten. Ich bitte Sie um Erlaubnis, dies zu klären.

„Also gut, Captain. Reden Sie mit diesen steifen Stahlpuppen so viel Sie wollen! Ich bin aufrichtig, wenn ich sage, dass es mir lächerlich erscheint. Der Planet, der sie schickt, muss ein bisschen rücksichtsvoller gewesen sein ein Gerät!

„Warum nicht, Colonel? Wenn die Maschine intelligent reagiert, darf der Mensch nicht weniger sein.

„Dann fahren Sie fort, Kapitän! Sie gehören alle dir.

"Warum holen Sie sie nicht hier raus? Sie können Cyber-Techniker anrufen, um die Steuerung dieser Maschinen zu studieren. Aus ihrer Funktionsweise, aus der Form und den Materialien, mit denen sie hergestellt wurden, und aus anderen Tests können wir viele Konsequenzen ziehen.

Alster Holtzman sah über die Schulter des jungen Kapitäns zu den zwölf ausgefallenen Robotern in der Schlange und sagte zweifelnd:

"Nun ... Jetzt müssen sie Ihnen gehorchen und sich nicht weigern, Ihnen zu folgen, Captain. Aber da sie Ihnen so freundlich erscheinen, machen Sie weiter!

Blay Farrell näherte sich wieder dem ersten Roboter, wollte aber experimentieren, ob der neben ihm in der Reihe auch sprechen kann und fragte ihn direkt:

„Kannst du mir folgen? Dir wird nichts passieren. Ich denke, wir haben viel zu tun ...

Die Antwort kam wieder vom ersten Roboter, der die Formation anführte, der sogar seinen Kopf in Richtung des jungen Piloten drehte und antwortete:

„Sie sprechen nicht ... Sie sprechen nicht ... Sie sprechen nicht ...

„Ist schon okay. Du antwortest mir. Kannst du mir folgen?

„Wir folgen Ihnen ... Wir folgen Ihnen ... Wir folgen Ihnen.

Blay Farrell wandte sich selbstgefällig an den Colonel und seinen Adjutanten, die nicht weniger perplex waren als der Kommandant der Basis:

"Abgestimmt, Colonel. Auf geht's!

"Unterwegs ... Unterwegs ... Unterwegs" begann der erste Roboter unermüdlich zu wiederholen, gefolgt von den anderen elf.

Aber vor der ungewöhnlichen Parade, die er an sich vorbeiziehen sah, sagte Oberst Alster Holtzman zu seinem Adjutanten:

„Sagen Sie den Männern, dass sie wachsam sein sollen.

„Nun, Herr.

„Es ist möglich, dass die Crew des anderen Schiffes versucht, uns zu überraschen, während sie uns mit diesen Robotern unterhalten.

„Richtig, Oberst. Sie können als Köder versendet werden!

„Ich traue dem überhaupt nicht! Und ich werde...

Colonel Alster Holtzman blieb wieder mit offenem Mund stehen und unterbrach ihn, als der erste Roboter sagte, dass er, als sein Kreis an ihm vorbeiging, seine Worte verstand:

„Es gibt keine Täuschung ... Es gibt keine Täuschung ... Es gibt keine Täuschung.

Der Leiter der Basis konnte nicht anders, als auszurufen:

" Tolle...!

KAPITEL IX

Der alte Professor Curt Hartman befahl mit langsamer, aber jetzt wütender Stimme:

„Du musst sie alle töten! Diese Arschlöcher wissen zu viel!

Einer der Männer vor ihm wagte es darauf hinzuweisen:

„Tut mir leid, Lehrer. Aber das würde Verdacht erregen.

„Wenn die Dinge gut gemacht werden, gibt es keinen Verdacht. Es muss wie ein Unfall aussehen!

„Es ist, dass ... Fünf Leute und in so hohen Positionen, Professor ...

„Ich werde dafür sorgen, dass sie sich auf dem Anwesen des Verteidigungsministers treffen. Colonel Holtzman und Captain Farrell werden nicht zögern, der Ernennung des idiotischen Generals Paul Quiin beizuwohnen. Immerhin stehen die beiden unter seinem direkten Befehl.

„Und Miss Lise Borg, Professor?

„Er wird auch kommen. Sie erhalten eine Nachricht von Ihrem lieben Freund, Captain Blay Farrell.

"Guter Lehrer. Werden auch der Ingenieur Hokusai und der Astronom Silvio Lembo auf der Farm sein?"

„Ich habe gesagt, dass ich dafür sorgen werde, dass alle fünf da sind! antwortete der Wissenschaftler genervt.

Ein anderer der Männer, die geschwiegen hatten, wagte er zu sagen.

„Wäre es nicht besser und nützlicher, sie zu ersetzen, Professor Hartman?

„Wir haben nicht das Material; Bis zu einer neuen Lieferung müssen wir mit gewöhnlichen Mitteln umgehen, auch wenn diese weniger praktisch und brutaler sind.

"Guter Lehrer. Gase? Kugeln? Oder ist dir das lieber...?

"Ein Feuer" stoppte den alten Professor.

Und nach und nach fügte er als Erklärung für diese Methode hinzu, um die Befehle an seine Männer weiterzugeben:

„Ich weiß mit Sicherheit, dass dieser kleine General seit seiner Ernennung zum Verteidigungsminister sein Erholungsgebiet mit den größten Fortschritten ausgestattet hat. Ja, meine Herren ... General Paul Quiin nutzt sein gutes Gehalt, um sich mit so vielen Annehmlichkeiten wie ein alter ägyptischer Pharao zu umgeben. Klimaanlage, Heizung, ein an die Umgebung angepasster Pool mit warmem Wasser, ein spezieller Radiosender, um von dort aus die dringendsten Angelegenheiten zu erledigen, ohne Ihre Ruhe zu unterbrechen ... Ihr Bauernhof ist eine echte Perfektion! Alles elektrisch bewegt.

Während er seine Besucher begleitete, hielt er inne und fügte hinzu:

„Und in einem Betrieb wie diesem kann ein Kurzschluss versehentlich passieren. Wenn die Dinge richtig gemacht werden, brennt in wenigen Minuten alles.

„Wir werden auf den Hof gehen müssen, um die Dinge vorzubereiten.

"Perfekt! Glaubst du, sie können dich verdächtigen? Komm schon, Anderson ... Sei nicht naiv! Du bist jetzt einer der Vertrauten unseres neuen Verteidigungsministers. Vergiss nicht, dass du die Persönlichkeit von Ike besiedelst Anderson.

"Ja Lehrer.

"Geh ... ich werde dafür sorgen, dass morgen die fünf auf dem Hof versammelt sind:

„Alles wird gut“, ermutigte sich der größere Mann.

Bei ihrem Kommentar starrte der ältere Professor Curt Hartman sie bereits an der Tür an und sagte:

"Ich hoffe es! Wenn nicht ... Ihr wisst schon, Leute.

Keine Sorge, Professor. Bis bald!

„Wir sehen uns beim Treffen der galaktischen Zentralregierung, wenn sie uns anrufen, um uns über die traurige Nachricht zu informieren.

Als seine Besucher ihn allein ließen, durchquerte der atomare Weise wieder sein Büro, zog einen Wandteppich zurück, der eine der Walnusswände bedeckte, und wies über die Schulter auf die Tür und befahl einem anderen Mann, der dort versteckt geblieben war.

"Kümmere dich um sie ... Dann müssen sie auch in diesem Feuer sterben,

Der kleine Mann öffnete seine Lippen nicht, als er sagte:

Ja, Professor Hartmann.

* * *

Während des Briefings um 18:00 Uhr erfuhren Blay Farrell und seine Frau Lise Borg von dem Unfall. Offenbar hatte ein wütendes Feuer praktisch das gesamte Erholungsgebiet des Verteidigungsministers, General Paul Quiin, verzehrt. Leider waren auch der kybernetische Ingenieur Hokusai Aki und der berühmte Astronom Silvio Lembo als Gäste gestorben.

Ebenso war auch der Adjutant von General Paul Quiin tot aufgefunden worden, obwohl Colonel Ike Anderson zusammen mit einem anderen unbekannten Mann im Garten gefunden wurde. Die vier Bediensteten des Hofes hatten keine Zeit gehabt, sich zu retten und die Experten versicherten, dass der unglückliche Unfall auf einen Kurzschluss zurückzuführen sei. Das neueste Nachrichtenbulletin fügte hinzu, dass später eine weitere Leiche identifiziert werden konnte, die sich als die von Oberst Alster Holtzman, dem Leiter der Prestwich-Basis, herausstellte.

Später ging der Informant zu anderen Nachrichten von weniger Bedeutung und Blay Farrell, sehr betroffen von diesen Verlusten, aktivierte die Fernbedienung vom Sofa aus, um den Bildschirm auszuschalten.

Seine Schüler waren an die seiner jungen Frau gefesselt und der Mann kommentierte heiser:

„Arm! Wer könnte an so etwas denken!

Lise nahm die Hände ihres Mannes in die ihren und flüsterte:

„Sie mochten Colonel Holtzman sehr, nicht wahr?

„Er war ein Mann von Integrität. Jeder in der Basis liebte ihn.

Sie stand fleißig auf, öffnete den Schrank, um die Koffer herauszunehmen, und verkündete:

„Wir müssen zurück. Die Witwe von Colonel Holtzman wird sich freuen, Sie bei der Beerdigung zu sehen.

„Aber es sind unsere Flitterwochen, Lise.

„Sei nicht albern. Ich weiß, dass du es tief im Inneren so vorziehst. Es wäre falsch, Beerdigungen zu verpassen.

Blay Farrell protestierte nicht mehr, da er sich daran erinnerte, wie viel es ihn gekostet hatte, diese Tage Urlaub zum Heiraten zu bekommen. Auf Anfrage hatte Colonel Holtzman ihn daran erinnert, dass die Zeit noch nicht reif sei. Auf der Prestwich-Basis befanden sich noch immer diese beiden außerirdischen Schiffe, und die Befehle von General Paul Quiin als Verteidigungsminister waren seit diesen Ereignissen noch strenger geworden: Niemand sollte die Basis betreten oder verlassen, außer mit einer von ihm unterschriebenen Sondergenehmigung . Die überraschende Nachricht sollte noch nicht veröffentlicht werden, und der sicherste Weg war, das gesamte Personal zu isolieren.

Aber in dem geheimen Treffen in Colonel Holtzmans Büro hatte der Verteidigungsminister selbst Blay Farrell, nachdem er versichert hatte, dass sie dies mit niemandem besprechen würden, diese Tage Urlaub gewährt, als eine Art Belohnung dafür, dass er als Erster mit dem seltsame Schiffe, von denen er mit seinen Atomraketen drei zerlegt hatte.

Als Lise weiterpackte, erinnerte er sich träge an das Treffen, an dem sie auch teilgenommen hatten, als Hauptfiguren. Zu dem Verteidigungsminister und Oberst Holtzman gesellten sich der kybernetische Ingenieur Hokusai Aki und der berühmte Astronom Silvio Lembo.

Nun, da vier der sechs, die an dem Treffen teilgenommen hatten, gestorben waren, kämpfte Blay Farrell durch den Rauch seiner Zigarette, diese Szenen heraufzubeschwören. Er glaubte noch immer, seinen Chef gesehen zu haben, als Colonel Holtzman ihm General Quiin, den Ingenieur Hokusai und den Astronomen Lembo zeigte, die beiden Roboter, die in seinem Büro aufgereiht waren:

"Hier hast du es! "Ich hatte es ihnen gesagt." Das ist alles, was vom Himmel auf uns herabgeregnet ist. Der Planet, der sie sendet, zeichnet sich nicht gerade durch seine Feinheit aus. Anstatt uns intelligentes Fleisch und Blut zu schicken, was auch immer sie sind, schicken sie uns diese hässlichen Maschinen.

Die Konfrontation mit dem einzigen Roboter, der sprechen konnte, war jedoch hochprofitabel.

Und sehr interessant.

Als Ingenieur für Kybernetik, ein Spezialist für Wissenschaft, dessen Ziel das Studium der Steuerung und Kommunikation in Maschinen ist, erkannte Hokusai Aki bald, dass ein Schaltkreis im elektronischen Gehirn dieses Roboters einen kleinen Fehler hatte. Die Tatsache, dass er die Worte unermüdlich wiederholte, bis eine neue Wellenemission seine empfänglichen Zellen erreichte und die Antwort ausarbeitete, bewies dies.

Er wollte dieses Problem beheben, um die Denkmaschine besser zu verstehen, und nachdem er den Verteidigungsminister um Erlaubnis gebeten hatte, näherte sich etwas feierlich dem Roboter und fragte:

„Kann ich versuchen, diesen Fehler zu beheben? Wir haben hier auch sprechende Roboter gebaut und ich kenne die Technik. Etwas bleibt hängen, bis eine neue Emission von Wellen die Walze drückt, um eine andere Antwort zu erarbeiten.

Und zum allgemeinen Erstaunen war die Antwort des Roboters fügsam:

„Tu es ... mach es ... mach es.

Fleißig und mit seinen geschickten Händen legte Hokusai Aki den Mechanismuskasten des Roboters frei, und kaum zehn Minuten später schloss er ihn und verkündete:

„Gut: Das ist es.

Zwischen dem Rauch seiner Zigarette glaubte Blay Farrell, das Lächeln aller Anwesenden wieder zu sehen, als der Roboter voll, sehr dankbar antwortete:

„Danke: Ihre Arbeit war großartig. Du bist sehr geschickt.

Nicht minder feierlich und wie ein guter Japaner hatte sich Hokusai Aki im orientalischen Stil verneigt und geantwortet:

"Sehr nett! Aber es war nur eines der Kohäsionskabel. Es war auf dem Leiter montiert, der die Hertzschen Wellen einfängt.

Vielleicht aus Angst, dass sie sich auf technische Gespräche einlassen würden, hatte General Quiin eingegriffen:

„Was ist der Zusammenhalt, Freund Hokusai?

„Es handelt sich um ein Gerät, das in Funktelegrafie-Empfangsstationen verwendet wird, um das Vorhandensein von Hertzschen Wellen zu melden und die Zirkulation eines lokalen Stroms zu erleichtern, der auf ein Empfangsgerät einwirkt. In diesem Fall leitet es die Töne an die Nervenzellen des elektronischen Gehirns weiter, wo sie registriert werden und die genaue Antwort auf das Gefragte antreiben.

Dabei hatte Colonel Holtzman gefragt:

„Meinst du, dass diese... diese Puppen alles beantworten können, was du sie fragst?

Blay Farrell staunte noch immer, als er sich an die Antwort des Cyber-Ingenieurs Hokusai Aki erinnerte:

„Dafür sind sie programmiert, Sir. Die Geräusche, die beim Aussprechen eines Wortes entstehen, setzen eine Walze in Bewegung, die die Antworten auswählt. Diese ausgewählten Zeichen wiederum wirken auf eine Klangtrommel, die Klang in Stimme umwandelt, und diese wird in Worten spezifiziert.

"Gut, aber ich nehme an, dass alle Geräusche, die wir beim Formulieren unserer Worte aussprechen können, im elektronischen Gehirn dieses Roboters kein Äquivalent haben werden, oder?

Ingenieur Hokusai Aki hatte sich an den Roboter gewandt und gesagt:

„Das hängt von den Schildern ab, die Sie registriert haben.

Und ohne zu zögern, immer mit seiner metallischen Stimme sprechend, hatte der Roboter bestätigt:

„Ich habe zwei Milliarden Zeichen, mit denen ich alle möglichen Kombinationen machen kann.

Blay Farrell und Lise hatten gelächelt, als sie Colonel Holtzmans klaffendes Gesicht sahen, ein untrügliches Zeichen für ihn, dass er verwirrt war.

Dann erinnerte sich Blay Farrell verwirrt an alles, was dort mit dem erstaunlichen Roboter besprochen worden war. Er sagte ihnen, dass es vor Tausenden von Jahren wahr sei, dass ihre Erbauer sie auf einer Erkundungsmission zur Erde schickten, und dass sie auf diese Weise Daten über die Menschheit gesammelt und alle Sprachen und Wissenschaften beherrschten, die sie besaßen, in Ein Annäherungsversuch war bis dahin nicht möglich, denn auf Cygni, dem Planeten, auf dem seine Erbauer lebten, hatte es wie auf der Erde auch innere Kämpfe gegeben und der Planet war in sehr kurzen Perioden seiner langen Geschichte von den Menschen regiert worden die von diesem Kontakt mit anderen kosmischen Wesen träumten.

Zu diesem Zeitpunkt hatte der Verteidigungsminister selbst den Roboter gefragt:

"Diese Wesen, die den Planeten Cygni bewohnen ... Wie sind sie?

Der Roboter hatte einen Moment gezögert, als hätte er den Umfang der Frage nicht verstanden, bis er endlich antwortete:

"Intelligente Wesen. Zivilisierte Wesen. Wesen mit hochentwickelter Wissenschaft und Technik.

"Nein, das ist es nicht", beharrte General Paul Quiin. Ich meine, wie sie physisch sind, äußerlich. Wie sehen Sie aus?

"Schön. Schön Sehr entwickelt.

Hier angekommen, erinnerte Blay Farrell an das Schrumpfen des Mädchens, das jetzt seine Frau war und fuhr fort, seine Koffer zu packen, die kommentiert hatte:

"Nun ... Es hängt alles von Ihrem Schönheitskonzept ab. Es ist eine sehr relative Frage.

Der Roboter hatte die Spiralgelenke seines Halses bewegt, um Lise Borg anzusprechen und sagte:

„Die Leute von Cygni sind überlegene Wesen. Sie haben alle anderen Rassen in ihrer Galaxis besiegt.

Andere Rassen? "Blay Farrell selbst hatte gefragt, sehr interessiert daran, was der Roboter ihnen berichtet." Meinen Sie, dass es in Ihrer Galaxis andere Planeten mit organisiertem, zivilisiertem Leben gibt?

"Ja. Aber alle werden von Cygni regiert, außer den Sosias, weil sie unbesiegbar sind. Schon ihr Name zeigt, warum sie nicht geschlagen werden können.

Blay Farrell erinnerte sich besonders an diesen Teil seines Gesprächs mit dem Roboterkomplex. Mir kam auch die Frage des weisen Astronomen Silvio Lembo in den Sinn:

„Die Sosias? Wer sind die Sosias?

„Letztendlich weiß niemand, wie sie wirklich sind. Die Sosias stammen ursprünglich vom Planeten Amucis in unserer Galaxie, aber sie leben im gesamten System und passen sich den Bedingungen und der äußeren Erscheinung des Planeten an, auf dem sie installiert sind. Menschlich gesprochen kann sich ein Sosias in einen Hund verwandeln und darin leben, einen Elefanten, eine Katze, eine Henne ... oder einen Mann. Seine äußere Form ändert sich, je nachdem, wo es dir passt und wohin du gehst. Deshalb sind sie unbesiegbar, denn niemand kann sie entdecken. Aber wir wissen, dass es sie gibt und dass sie sich verbreiten ... Sie verbreiten sich immer!

Diese neueste Information des Roboters schien eine detaillierte Nachricht zu sein, die die mysteriösen Bewohner von Cygni durch ihre Roboter an die Bewohner der Erde übermitteln wollten.

Das Geräusch eines Koffers, der von seiner Frau Lise geschlossen wurde, lenkte Blay Farrell von diesen Erinnerungen ab und wollte es mit seiner Frage herausfinden:

„Bist du wirklich bereit, unsere Flitterwochen aufzugeben?

„Nach diesem unglücklichen Unfall müssen wir es tun, Blay.

„Sie haben Recht. Wenn diese vier Männer tot sind, bleiben nur Sie und ich als Augenzeugen für alles, was bei diesem Treffen mit Cygnis Roboter besprochen wurde. Vielleicht brauchen sie uns, um den Bericht zu erweitern, den General Quiin prominenten Mitgliedern der Regierung vorgelegt hat, und ... ...

Eine Idee kam ihm und er schlug sich gegen die Stirn, zur Überraschung seiner Frau, die fragte:

„Was ist, Liebling?

„Verdammt! Er hatte bis jetzt nicht daran gedacht.

„Wozu, Blay?

„Dabei könnte das alles das Werk der Sosias sein! Erinnerst du dich nicht, Lise? Der von Cygni geschickte Roboter erzählte uns von diesen Wesen, die sich an alle Lebensbedingungen anpassen können!

"Oh ja! Aber ich glaube nicht...

„Wer weiß, Liebling! Können wir sicher sein, dass die Sosias nicht schon hier auf der Erde sind? Wenn ja, wäre vieles geklärt, Lise.

Die Frau starrte ihn an, bevor sie etwas verwirrt sagte:

„Das ist nicht möglich, Blay. Es wäre schrecklich!

„Natürlich wäre es schrecklich! In diesem Moment können Sie selbst nicht sicher sein, ob ich wirklich Captain Blay Farrell bin oder eines dieser seltsamen Wesen, die mein Aussehen angenommen haben. Und ich ... das gleiche kann ich über Sie sagen!

„Halt bitte die Klappe, Blay. Diese Idee gefällt mir nicht!

Ich auch nicht, Lise. Aber ich denke ... Erinnern Sie sich, was Colonel Holtzman uns am Telefon erzählte, als ich ihn anrief, um ihm mitzuteilen, dass wir viel früher heiraten, als wir ursprünglich dachten?

„Was meinst du, Blay? Ich erinnere mich an nichts, was man Ihnen hätte sagen sollen, als ich Ihnen, nachdem ich ihn und seine Frau begrüßt hatte, das Telefon zurückgab.

„Er hat mir erzählt, was in der Basis passiert ist. Jemand hat alle zwölf Roboter zerstört!

„Ja; jetzt erinnere ich mich, dass Sie später mit mir darüber gesprochen haben. Aber Sie sagten mir, dass Colonel Holtzman den Eindruck hatte, es sei ein unglücklicher Unfall gewesen und dass ...

„Ja, Lise ... wieder ein Unfall! Wie der, den sie jetzt erlitten haben. Siehst du keine Beziehung? Die Roboter wurden durch einen Kurzschluss zerstört, der auch auf dem Anwesen von General Paul Quiin erlitten hatte.

Lise starrte ihn an, bevor sie sagte:

„Du machst mir Sorgen, Blay... Aber ich glaube nicht, dass das eine mit dem anderen zu tun hat. Auf dem Anwesen von General Quiin sind noch andere Menschen gestorben, außer ihm Oberst Holtzman, sein Assistent, der Ingenieur Hokusai und der Astronom Silvio Lembo. Sie haben gerade von mir gehört, dass neben den Dienern noch ein anderer Mann da war, der sich nicht ausweisen konnte,

„Ja, aber aus den Informationen des Ereignisses geht hervor, dass der Adjutant des Generals und die andere Person nicht bei ihnen waren. Sie wurden im Garten gefunden.

„Wenn Sie denken, dass jemand daran interessiert ist, uns alle zu töten, der die Informationen hören könnte, die Cygnis Roboter uns gegeben hat, liegen Sie falsch. Du und ich leben, Blay!

„Stimmt, Lise, aber... warum? Denn selbst die Intimsten wussten nicht, dass wir uns entschlossen, zu heiraten und ziellos auf eine Reise zu gehen.

Lise Borg wollte sich beruhigen und lächelte, als sie fertig packte, um zurück in die Stadt zu fahren. Und mit einem gewissen liebevollen Vorwurf wies er zurück:

„Manchmal überrascht deine Vorstellungskraft, Blay.

KAPITEL X

Kaum in der Stadt angekommen, als sie das Apartmenthaus betraten, kam die zuständige Empfangsdame auf sie zu und sagte:

„Das kam für Sie, Miss Borg. Aber da er kein Zeichen hinterlassen hat oder gesagt hat, wohin er geht, habe ich ...

„Es spielt keine Rolle, Mrs. Ransky.

Aber als sie auf den Umschlag schaute und Blay Farrells Handschrift erkannte, war sie verwirrt. Er betrat bereits den mit Koffern beladenen Aufzug und die Frau bot ihm lächelnd den Umschlag an und schlug amüsant vor:

„Du öffnest es, Liebling ... Oder besser gesagt, erzähl mir auswendig, was du mir geschrieben hast, bevor ich deine Frau war.

Blay Farrell war ratlos und konnte den Umschlag nicht entgegennehmen, da er alle Hände voll hatte. Aber er protestierte:

"Schreiben Sie Ihnen? Entschuldigung, aber ich weiß, dass ich es seit einem Jahrhundert nicht getan habe. Diese letzten Wochen ununterbrochenen Dienstes in der Basis hatten mich sehr beschäftigt und ...

„Nun, es ist Ihre Handschrift. Du siehst nicht?

Blay stellte die Koffer ab und nahm den Umschlag. Er drehte es in seinen Händen um und schmollte überrascht, als er sagte:

„Ich verstehe nicht, Lise!

Als es ihm gelang, die schriftliche Notiz herauszuholen, wurde seine Fremdheit noch größer. Da war es, geschrieben in seiner Handschrift und seiner Unterschrift:

"Eine kleine Abwechslung, Lise:

„Ich warte heute Nachmittag auf General Quiins Landsitz auf Sie. Er trifft uns dort, um über Dinge zu sprechen, die uns beide interessieren. Verpassen Sie es nicht, Liebling.

"Blay."

Die Hand des Astronautenpiloten wrang nervös das Papier zwischen seinen Fingern. Dann überlegte er es sich anders und faltete es auseinander, um die Notiz noch einmal zu lesen, die anscheinend von ihm geschrieben worden war.

Er sagte nichts zu der Frau, aber Lise verstand. Die Stimme ihres Mannes veränderte sich, als er endlich fragte:

„Was sagst du jetzt zu mir, Lise? Jemand hat dir diese Notiz geschrieben, damit du zum Hof des Generals gehen und dort auch den Tod finden kannst.

„Aber... du hast es nicht geschrieben, Blay?

„Ihre Frage ist absurd. Seit wir die Basis verlassen haben, haben wir nicht aufgehört zusammen zu sein, außer wenn ...

„Also, ich... ich... Sie wollten mich auch töten! Es ist furchtbar!

"Schlimmer noch, Lise. Es ist monströs! Wer auch immer es ist, der Bastard wusste nicht, dass wir uns entschieden haben zu heiraten und dachte, dass du nach Hause kommst, diese Notiz mit meiner Handschrift bekommst und zum Date gehst ... Eine schmutzige Falle !

Instinktiv näherte sich die Frau dem Mann, um zu sagen:

„Ich habe Angst, Blay!

Als sie in der Wohnung ankamen, ließ sich Lise auf die Couch fallen. Er verbarg sein Gesicht in den Händen und fragte von dort aus den Mann, der die anderen Räume untersuchte:

„Also... denkst du wirklich, das war Mord?

„Ja Liebling. Ich glaube es immer mehr!

„Was machen wir, Blay?

„Rufen Sie die Polizei an und informieren Sie sie. Ich rufe auch Lieutenant Dickson an und sage ihm, er soll sich selbst bei der Basis erkundigen. Ich habe dir gesagt, dass der Kurzschluss, der die Roboter dort zerstört hat, etwas mit dem anderen Kurzschluss auf der Farm des Generals zu tun hat.

„Aber ... Wer könnte es gewesen sein?

„Ich weiß es nicht, Schatz. Aber die interessanteste Frage ist ... Warum?

„Ja, richtig. Das alles muss einen Grund haben.

„Und es muss ein sehr wichtiger Grund sein. Etwas, das mit der Ankunft der Raumschiffe vom Planeten Cygni zusammenhängt.

„Auf dem anderen Schiff, was war da, Blay?

„Nichts! Und das ist ein weiteres Mysterium, Lise. Die Dinge eilten voran und wir konnten es nicht herausfinden.

„Es ist nicht möglich, dass da nichts drin war.

„Das war's also. Cygnis sprechender Roboter hat uns erzählt, dass das andere Schiff auch mit Robotern besetzt ist. Colonel Holtzman schickte eine Gruppe von Technikern, um ihnen zu folgen. Ich glaube, die Tür ging auf, sie leuchtete auf und da ist das Überraschende ... Es war niemand drin!

„Wer könnte es dann bemannen?

„Und was weiß ich? Die Techniker betraten es und kamen heraus und sagten, dass das Schiff leer sei.

„Vielleicht von einer Fernbedienung von Cygni gesteuert?

„Unmöglich, Lise! Als Astronom und aus den Daten und Entfernungen, die uns der Roboter gegeben hat, hat Professor Lembo berechnet, dass dieser Planet etwa zwanzigtausend Lichtjahre von unserem Sonnensystem entfernt ist Welt, muss sich im Sternbild Waage befinden, und es ist völlig undenkbar anzunehmen, dass ein Schiff über eine so große Entfernung ferngesteuert werden kann.

„Zwanzigtausend Lichtjahre entfernt! "Wiederholte die Frau." Wie ist es möglich, dass diese Schiffe von Cygni hierher gekommen sind?

„Für sie gibt es keine Entfernungen, denn die Zentrifugalkraft, die sie bewegt, vervielfacht die Lichtgeschwindigkeit mit zwanzig- oder dreißigtausend. Ihre totale Kugelform lässt sie mit der Glätte eines Atoms durch den Hyperraum gleiten. Trotzdem, so sagte uns der Roboter, dauert es viele Jahre, bis er uns erreicht, und das ist das Problem, das seine Erbauer, die Bewohner von Cygni, nicht lösen können. Wenn sie selbst kämen, anstatt ihre Roboter zu schicken, um Kontakt mit uns aufzunehmen, würden sie sehr alt ankommen. Oder tot!

Das Schweigen, das auf Blay Farrells Erklärung folgte, wurde nach einigen Minuten des Nachdenkens gebrochen, als die Frau sagte:

„Aber Blay... ich denke, aus dem, was du gesagt hast, folgt noch etwas.

„Das was, Lise?

„Dass diese ... diese Sosias, die du befürchtest, bereits hier sind, unter uns, sie konnten auch nicht ankommen. Die Entfernung ist enorm und sie würden eine solche Reise nicht ertragen.

„Und wer sagt uns, dass sie sich nicht nur an jede Lebensform oder äußere Erscheinung anpassen können, sondern auch nicht die Kraft haben, lange zu leben, sondern viel mehr als wir oder die Bewohner von Cygni?

„Du meinst, dass sie unsterbliche Wesen sein können?

„Ich weiß es nicht, Lise. Ich habe das Gefühl, dass wir herumschweifen. Und Gott gebe es so!

Er nahm die Gegensprechanlage ab, um die Polizei zu kontaktieren, und in diesem Moment klingelte es an der Tür. Lise stand müde auf, um zu gehen, aber ihr Mann legte auf und rief:

„Nein, Lise! Öffne dich nicht!

Die beiden standen auf dem Korridor sehr dicht beieinander und riefen noch einmal. Sie sahen sich unruhig an und sie wollte sich beruhigen und dachte:

„Es wird die Empfangsdame sein. Mrs. Ransky muss vergessen haben, mir etwas zu sagen.

„Ja, Lise... Mach auf, aber ich werde in diesem Raum sein und zusehen. Ich möchte Sie mit meinen Vorsichtsmaßnahmen und Gedanken nicht erschrecken, aber sie tun nicht weh, bei allem, was passiert. Ok Süsse?

„Sie befehlen, meine Liebe.

Minuten später begrüßte das offene und freundliche Lächeln von Lieutenant Pat Summer den Besitzer des Hauses:

„Wie geht es dir, Lise?

Lise Borg war immer noch etwas zögerlich; besorgt über alles, worüber sie mit ihrem Mann gesprochen hatte. Dieses Zögern nutzte der junge Pilot, um sich zu erkundigen:

„Darf ich reinkommen, Miss? Ah, tut mir leid! Ich meinte Mrs. Farrell.

Beim Betreten erkundigte sich der fröhliche Besucher und sah sich um:

„Ist Blay nicht da?

„Nun... jetzt kommt es. Willst du nicht was trinken, Pat?

„Nein, nichts. Danke, Lise.

Dann, fast übergangslos und ihn anstarrend, erkundigte sich der Besucher auf etwas seltsame Weise:

»Warum sind Sie nicht zu General Quiins Anwesen gegangen?

Lise Borg stand da und stand wie aufgeregt vor ihm. Vor ihm stand der junge Pilot Pat Summer, einer von Blay Farrells besten Teamkollegen. Aber warum stellte er diese Frage? Was wusste er von dem Zettel, den die Empfangsdame ihnen gegeben hatte, als sie das Gebäude betraten?

Die Frau wollte Zeit gewinnen, um zu antworten und aus ihrem Erstaunen herauszukommen und erkundigte sich ihrerseits:

„Was hast du gesagt, Pat?

Die Stimme des jungen Piloten hatte keine freundliche oder freundliche Intonation mehr und sagte:

„Warum bist du nicht zu General Quiins Anwesen gegangen? Blay würde dich dort zitieren. Nicht wahr, Lise?

Sie änderte auch ihre Intonation und starrte ihn an, als sie antwortete:

„Das sind Dinge, die dir egal sind, Pat.

"Du liegst falsch! Das alles liegt uns sehr am Herzen...

„USA? Von wem redest du, Pat?

„Es ist irrelevant ... Nur jetzt muss es anders kommen.

Lise Borg spürte, wie ihre Beine zitterten. Aber zu wissen, dass Blay ihnen aus dem Nebenzimmer zuhörte, ermutigte sie und fand den Mut, ihn erneut einzuladen:

Setz dich, Pat. Sie können mir also diese seltsame Einstellung erklären. Du warst immer ein freundlicher und höflicher Junge und jetzt...

„Du weißt nicht, wie ich immer war!

Sein höhnischer Ausruf wurde durch die Waffe in seiner linken Hand zurückgehalten, er sprach noch einmal, als er mit der rechten auf das Sofa deutete:

„Setz dich hin, liebe Lise... ich werde dir eine Spritze geben.

Lise Borg drohte fast zu schreien und rief nach ihrem Mann. Aber er rechnete schnell aus, dass, wenn Blay nicht kam, es etwas war, und beschwor all die Gelassenheit auf, die er schwach flüstern musste:

„Worum geht es, Pat? Nein ... ich verstehe nicht!

Pat Summer lächelte, als er die verängstigte Frau vor sich zittern sah. Er richtete die Waffe in der linken Hand immer wieder auf sie, während er mit der rechten in den Boden seiner Uniformtasche grub und nach etwas suchte, das er herausziehen wollte.

Schließlich legte er eine Spritze und ein Röhrchen, das eine Injektionsnadel zu enthalten schien, auf den Tisch, schüttelte ein kleines Gefäß vor den blauen Augen seines Opfers und verkündete:

„Fürchte dich nicht, liebe Lise... Es ist schmerzlos und du wirst schlafen... Du wirst für immer schlafen!

„Oh mein Gott! Willst du... wirst du mich umbringen, Pat? Aber warum?

„Selbst wenn ich versuche, dir meine Gründe zu erklären, du wirst sie nicht verstehen, Lise. Vertrau mir!

„Aber du willst mich ermorden! Wie Sie es mit General Quiin und seinen Gästen getan haben!

Pat Summer schien grotesk zu lächeln und rief:

„Wow! Du denkst also, General Quiin und seine Gäste sind nicht aus Versehen gestorben, oder, Lise? Entschuldigung, aber... Du musst aufhören zu existieren!

Mit angespannten Nerven, mit seiner Regulierungswaffe in der Hand, hörte sich Blay Farrell all dies an und bemühte sich, nicht einzugreifen, begierig darauf, mehr zu erfahren; Erfahren Sie mehr über das Geheimnis dahinter.

Aber die bedrohte Frau war Lise, seine Frau, die vor allem vergöttert wurde und mehr konnte er nicht mehr denken.

Also ging er stetig den Korridor entlang und schrie, auf den Schurken zeigend:

„Lass die Waffe fallen, Pat! Lass sie los, oder um Gottes willen lasse ich dich trocken!

Pat Summer gehorchte nicht. Er schrie ein in die Enge getriebenes Tier, als er sich getäuscht und überrascht fühlte, und drehte sich gleichzeitig auf dem Absatz, um seinen Zeigefinger zu aktivieren. Die Kugel ging nur wenige Zentimeter an Blay Farrells Schulter vorbei, als er zu Boden fiel und abwechselnd feuerte.

Und sein Schuss war tödlich.

Pat Summer beugte sich vor wie ein trockener Ast, der von einem Orkan abgebrochen wurde, und zerrte den kleinen Tisch in seinem Fall, auf dem er die Spritze und den Schlauch mit der Injektionsnadel abgelegt hatte.

Und dann geschah etwas völlig Unerwartetes und Überraschendes.

Die kleine Phiole, die Pat Summer vor Lises Augen geschwenkt hatte, zerbrach, als sie auf dem Boden aufschlug. Eine dichte bläuliche Rauchwolke brach auf, die Flüssigkeit begann zu wachsen und zu wachsen, als würde sie sich im Kontakt mit der Luft vermehren und sich auf einen großen Fleck konzentrieren, der sich über den Teppich ausbreitete.

Erschrocken und mit gebrochenen Nerven rannte Lise Borg in die Arme ihres Mannes, der den Blick nicht von dem roten, flüssigen und schleimigen Fleck ließ, der ein Eigenleben zu führen schien und auf Pat Summers Körper zukam .

Als der rote Fleck die Hand des Toten erreichte, kroch er an seinen Fingern hoch, und während er ihn imprägnierte, verdünnte sich das Fleisch, um wiederum eine rote Flüssigkeit zu werden, die stetig wuchs und wuchs.

"Es ist schrecklich! Die Frau schrie erschrocken,

„Ja, Lise... Schrecklich, aber gleichzeitig... Erstaunlich!

Es lag daran, dass die rote Flüssigkeit vor seinen Augen, kaum drei Meter entfernt, weiterhin den Körper des Piloten Pat Summer durchdrang, und dabei verschwand die Leiche, blubbernd, als würde sie kochen.

Unfähig, das schreckliche Schauspiel mitzuerleben, das sie gleichzeitig wie ein starker Magnet anzog, als die rote Flüssigkeit weiter aufstieg und sich bereits bis zur Taille von Pat Summers Körper gespült hatte, wurde die Frau ohnmächtig.

Blay Farrell spürte, wie sie mit ihrem ganzen Gewicht in seinen Armen lag, und er wusste, dass er sie forttragen musste. Beladen damit wich er der blutigen Masse, die auf dem Boden weiter zu kochen schien, so gut er konnte aus und erreichte den Ausgang, um den Korridor entlang zu gehen.

KAPITEL XI

Als er in Lise Borgs Wohnung zurückkehrte, traute Blay Farrell seinen Augen nicht. Er sah immer wieder zu Boden und wiederholte noch einmal zu Inspektor Hoffenblad:

„Ich sage dir, dass hier alles vor unserem Anblick passiert ist!

Lewis Hoffenblad, ein Mann, der es in seiner langen beruflichen Laufbahn gewohnt war, sich mit den ungewöhnlichsten Fällen zu befassen, konsultierte ein Notizbuch mit den ersten Aussagen von Captain Blay Farrell und sagte ruhig:

„Lass uns in Teilen gehen, Captain. Bestehen Sie immer noch darauf, dass der Mann, der zu Ihnen kam, Leutnant Pat Summer war?

„Wie kann ich nicht darauf bestehen, Inspektor? Sowohl meine Frau als auch ich kannten ihn perfekt. Er war auch auf der Prestwich-Basis stationiert!

Der Polizist zeigte Geduld und fragte noch einmal:

„Warum, sagen Sie, haben wir uns getroffen und waren, Captain Farrell? Glauben Sie, dass Lieutenant Pat Summer nicht mehr existiert?

„Na klar! Wir haben ihn nach und nach vor unseren Augen verschwinden sehen, Inspektor!

Lewis Hoffenblad sah einen Moment lang seine beiden uniformierten Offiziere an und antwortete dann:

„Würfel verschwanden, aufgefressen von der roten Flüssigkeit, die aus dem kleinen Fläschchen in seiner Hand sprudelte. Es ist nicht so?

»Sie glauben mir nicht, Inspector?

„Nun, Captain... Die Wahrheit ist, dass hier keine Spur von allem, was Sie sagen, vor Ihren Augen passiert ist!

„Nicht nur vor meinem, sondern auch vor dem meiner Frau.

„Das Schlimme ist, dass seine Frau jetzt nicht befragt werden kann. Er liegt noch immer bewusstlos im Krankenhaus.

„Wenn er sich erholt, wird er meine Worte wiederholen können. Und er wird Ihnen von dem Teppich erzählen, der ebenfalls verschwunden ist!

"Schon...! In Verbindung mit der Leiche, dem Fläschchen mit der mysteriösen roten Flüssigkeit, dem Tisch, der Spritze, der Injektionsnadel... Und alles! Richtig, Captain?

Blay Farrell wurde langsam verärgert, sogar über sich selbst. Es schien alles absurd, aber er wusste, dass es wahr gewesen war.

Oder musste er sich eingestehen, dass er verrückt war, wie die Bullen jetzt sicher dachten?

Er schwieg, seine Augen immer auf den Boden gerichtet, wo er die rote Flüssigkeit über den Teppich laufen gesehen hatte. Und er fand kein Zeichen, keine Spur von allem, was geschehen war, schon müde, und beschränkte sich darauf zu sagen:

„Gut, Inspektor. Sie können denken, was Sie wollen, aber ich bestätige mich in meiner Aussage. Und warum zum Teufel sollte ich Sie anrufen, wenn nichts von dem, was ich Ihnen erzählt habe, hier passiert ist?

„Das ist eine Frage, die ich gerne beantworten könnte, Captain Farrell. Sie sind ein gewöhnlicher Mann, der zu Halluzinationen fähig ist.

„Es war keine Halluzination!

Beruhigen Sie sich, Kapitän. Sich beruhigen! Wir implizieren nicht, dass er verrückt ist oder uns angelogen hat. Es fällt uns einfach schwer, alles zu glauben, was er uns erzählt hat.

„Das ist natürlich. Das sind Dinge, die normalerweise nicht passieren, Inspektor.

„Wie lange warst du nicht in diesem Raum?

„Ich weiß es nicht, Inspektor. Ich kann es nicht festmachen. Als meine Frau bei diesem schrecklichen Anblick in Ohnmacht fiel, hielt ich es für angebracht, sie in die Wohnung ihrer Nachbarin, Mrs. Hons, zu bringen, um ihr dort mit ihrer Hilfe besser dienen zu können.

»Haben Sie Mrs. Hons' Telefon benutzt, um uns anzurufen, Captain?

„Ja, das habe ich, sobald ich sicher war, dass ein Krankenwagen aus dem Krankenhaus kommt.

„Mal sehen... Das alles hätte ungefähr zwölf oder fünfzehn Minuten gedauert. Ist es nicht so?

»Genau ungefähr zwanzig, Inspector. Ich weiß es gut, weil ich ständig auf die Uhr geschaut habe. Dann begleitete ich im Krankenwagen meine Frau ins Krankenhaus und bat Mrs. Hons, Ihnen zu sagen, dass sie dort sein würde, wenn Sie vor meiner Rückkehr eintreffen würden.

Einer der uniformierten Beamten machte eine Geste, um die Antwort seines Chefs zu unterbrechen:

"Sag, Jeff", ermutigte der Inspektor.

„Wir waren ungefähr fünfzehn Minuten im Krankenhaus und haben zugehört", unterbrach er ihn. "Nun, ich höre alles, was der Kapitän uns erzählt hat.

"Danke, Jeff, zwanzig Minuten und fünfzehn sind fünfunddreißig, addiert zu ungefähr zehn, die wir gebraucht haben, um hierher zu kommen, und weiteren sieben, um dich im Krankenhaus zu finden, das ergibt zweiundfünfzig Minuten ... Nehmen wir eine Stunde ... , zählend, was wir lange brauchen, um hierher zurückzukommen, in dieses Zimmer.

„In dieser Zeit konnte jemand hier sein und den Teppich und alles andere verschwinden lassen.

Blay Farrells Berechnung schien nicht weit hergeholt, aber der Inspektor bestand darauf:

„Und was ist mit der überraschenden Tatsache, dass ein guter Freund an diese Tür geklopft hat, um seine Frau zu ermorden? Welche Motive könnte er haben?

„Entschuldigen Sie, Inspector. Es gibt einige Dinge, die ich Ihnen noch nicht erzählt habe.

Inspektor Lewis Hoffenblad sah ihn zwischen streng und amüsiert an, als er ihn ermutigte:

„Los, Kapitän! Worauf wartest du?

„Die Sache ist ... Das sind Dinge, die Sie noch mehr überraschen werden.

"Mehr...? Ich versichere dir, dass es nach allem, was du uns erzählt hast, wenige Dinge geben wird, die uns überraschen können, Freund.

„Nun, gut... da ist es!

Blay Farrell holte tief Luft, sah die drei Männer nacheinander an und entschied schließlich:

„Ich glaube, Lieutenant Pat Summer war kein Mensch... ich meine, ein Wesen wie wir.

Gleichzeitig keimte die Frage aus den Mündern der drei Polizisten:

„Wie sagt man, Kapitän?

„Du hast es schon gehört. Pat Summer war kein Mensch. Er war nicht auf der Erde geboren ... Oder zumindest, wenn er hier geboren war, war er es in letzter Zeit nicht mehr ... Nun, ich meine, ein anderes Wesen lebte in ihm, das seinen Körper benutzte, um ...

„Halt, Captain Farrell!“ Der Inspektor hielt verärgert inne.“ Ich denke, wir haben Sie jetzt genug gehört und auch Sie hätten im Krankenhaus bleiben sollen.

Er wandte sich an einen seiner Agenten und fügte, diesmal eindringlicher, hinzu:

„Rufen Sie einen Krankenwagen, Jeff. Und lass sie mit der Zwangsjacke kommen!

Blay Farrell sprang auf und entfernte sich ein paar Schritte von den drei Polizisten. Er stand hinter der Rückenlehne des langen Sofas, stellte diese schwache Barriere zwischen sich und sie und lehnte ab:

„Ich wiederhole, dass ich nicht verrückt bin! Du musst auf mich hören! In letzter Zeit sind Dinge passiert, von denen Sie und die meisten Menschen nichts wissen! Haben sie nicht von UFOs, Fliegenden Untertassen gehört?

Der Inspektor lächelte und sagte:

"Ja, sicher ... Aber du bist wie eine Ziege!

Und als er sah, dass Blay Farrell sich bewegte und zeigte, dass er nicht bereit war, ihre Hände auf ihn legen zu lassen, befahl er seinen Männern erneut:

„An der Tür, Jeff. Dieser Typ darf hier nicht weg! Du rufst Central an, Guy.

„Zu Ihren Diensten, Inspektor.

Blay Farrell sah, wie der Agent das Telefon abnahm und rief erneut:

"Nicht! Warten Sie! Es sind Dinge, die nicht transzendiert werden sollten! Ich selbst hatte Befehl, sie nicht preiszugeben! Sie sind nur einigen Mitgliedern der galaktischen Zentralregierung bekannt! Warum denkst du, dass alle Luftwaffenstützpunkte auf der Erde in Alarmbereitschaft sind, ohne ihr Personal gehen zu lassen?

Er sah, dass der Inspektor ihn anstarrte, aber Agent Guy gestikulierte, nicht anzurufen. Das ermutigte Blay, als er sah, dass er sich bereit machte, wieder zuzuhören, und er platzte heraus:

„Ja, Inspektor ... In letzter Zeit haben wir Kontakt mit Bewohnern anderer Welten.

Inspektor Lewis Hoffenblad fragte pointiert:

„Wiederholen Sie das, Captain Farrell.

»Auf der Prestwich-Basis sind zwei außerirdische Schiffe, Inspector. Ich weiß, dass nur sehr wenige Menschen von diesem erstaunlichen Ereignis wissen, abgesehen von den dort stationierten Mitarbeitern, aber was ich Ihnen sage, ist die Wahrheit.

„Haben Sie gesagt, zwei außerirdische Schiffe, Captain?

»Zwei UFOs oder zwei Fliegende Untertassen, Inspector, wie auch immer Sie sie nennen wollen. Sie kamen mit Robotern bemannt an, die von den Bewohnern des Planeten Cygni zu uns geschickt wurden, die laut dem Astronomen Lembo ...

"Moment! Meinst du Professor Silvio Lembo, der bei diesem unglücklichen Unfall auf dem Anwesen von General Paul Quiin gestorben ist?"

„Ja, Inspektor. Aber dieses Feuer war kein Unfall. Es war Mord!

" Wie...?

„Sie werden sich an die Menschen erinnern, die dort gestorben sind. Sie waren, abgesehen von den Dienern und dem Assistenten von General Quiin, zusammen mit einem unbekannten Mann, der ihn begleitete, bei dem Gespräch anwesend, das sie mit dem Roboter führten und ...

Der Inspektor wechselte wieder stumme Blicke mit seinen beiden Gehilfen und fragte noch einmal ungläubiger:

„Sie wollen uns glauben machen, dass jemand mit Robotern gesprochen hat?

„Ja. Colonel Holtzman, Ingenieur Hokusai Aki, Astronom Lembo, meine Frau und ich.

Blay Farrell bemerkte, dass sich das Lächeln auf den Lippen der beiden Agenten verstärkte, als sie ihren Chef amüsiert ansahen. Deshalb hat er aufgehört:

„Ich weiß, dass Sie es auch sehr seltsam finden werden, aber es war so. Gemeinsam haben wir den Bericht für den Verteidigungsminister General Quiin erstellt.

Lewis Hoffenblad trommelte mit den Fingern auf die Sofalehne, die sie immer wieder von dem Mann trennte, der ihnen das alles mit größter Ernsthaftigkeit erzählte, und es gelang ihm nur zu flüstern:

»Nun, gut, gut ... Es ist eine schöne Geschichte, Captain Farrell. Aber es gibt Dinge, die nicht passen.

„Zum Beispiel, Inspektor?

„Erstens: Wenn Sie sagen, dass niemand die Prestwich-Basis verlassen kann, was zum Teufel tun Sie dann außerhalb?

„Derselbe Verteidigungsminister hat mir die Erlaubnis gegeben. Ich wollte Miss Lise Borg heiraten. Das hat uns gerettet!

"Wie sagt man?

„Wenn die beiden die Basis nicht in unseren Flitterwochen mit unbekanntem Ziel verlassen hätten, wären wir jetzt sicherlich schon tot. Ich habe Beweise für meine Worte, Inspektor!

„Welche Beweise?

„Meine Frau hat einen Brief bekommen, in dem sie zu General Quiins Hof eingeladen wurde, den sie nicht öffnen konnte, weil sie auf dieser Reise abwesend war.

Wer hat diesen Einladungsbrief geschrieben?

„Wir ignorieren es. Aber die Texte sind gefälscht. Es gehört mir!

" Wie?

„Stimmt, Inspektor. Der Mörder hoffte, dass Lise nach Erhalt meiner Nachricht auf die Farm kommen würde, damit sie auch dort sterben würde.

„Warum glaubst du, wollten sie sie töten?

„Aus dem gleichen Grund, aus dem General Quiin und die anderen ermordet wurden. Aufgrund von Informationen, die der Roboter von Cygni!

Was für Informationen?

„Er hat uns unter anderem von den Sosias erzählt.

„Die Partner, Kapitän? Glauben Sie mir, wir verstehen Sie immer weniger. Ich versuche, ihm zuzuhören, ohne die Geduld zu verlieren, aber ...

„Und ich verstehe, dass Ihnen das alles sehr seltsam vorkommen kann, wenn nicht, das Gerede von einem Verrückten, von einem Verrückten. Aber ich versichere Ihnen, dass alles wahr ist! Sie können später nachsehen, Inspektor.

„In Ordnung, Kapitän. Was hat er über diese Sosias gesagt?

„Offenbar sind sie seltsame Wesen, die sich an andere Lebensformen anpassen können, tausend Formen annehmen, diejenige, die am besten zu ihnen passt. Leutnant Pat Summer war einer von ihnen!

"Woher weißt du das?

„Weil meine Frau und ich zugesehen haben, wie er verschwand und seinen Körper in diese schreckliche, kompakte und viskose Flüssigkeit verwandelte. Ansonsten verstehe ich nicht, wie er als unser langjähriger Freund hierher kam, um Lise zu töten.

„Ich versichere Ihnen, mein Kopf dreht sich, Captain. Aber wenn ich das nicht falsch verstehe, meinst du, dass diese Wesen ... diese Sosias, in jedem Menschen leben können, sie nehmen ihr Aussehen an. Es ist nicht so?

„Ich weiß nicht, wie sie es bekommen, aber es muss so sein. Ich wiederhole, dass der Roboter uns auch davon erzählt hat.

Inspektor Lewis Hoffenblad hatte eine Idee:

„Am besten ziehst du zum Stützpunkt Prestwich und lass mich diese Schiffe selbst sehen und mit dem Roboter sprechen. Glauben Sie nicht, Kapitän?

Blay Farrell antwortete nicht. Er war sich nicht ganz sicher, ob sie sie reinlassen würden. Zumindest waren die Befehle, diese Geheimnisse zu bewahren, sehr genau. Er selbst bezweifelte, wie richtig es gewesen war, trotz seiner Umstände über all das zu sprechen.

Natürlich hatten sie versucht, seine Frau zu ermorden, und er war sich fast sicher, dass General Quiin und seine Gäste nicht einem Unfall zum Opfer gefallen waren, sondern einer mysteriösen Verschwörung. Er dachte, dass er sich später vor seinen Chefs rechtfertigen würde und ermutigte daher:

„Wir können zur Basis gehen, Inspektor. Wann immer du willst.

KAPITEL XII

Als sie mit dem Aufzug nach unten stiegen, tauchten beim Öffnen der Türen zwei Schwestern des Zentralkrankenhauses vor ihnen auf, begleitet von Professor Curt Hartman. Und der atomare Weise deutete an den Inspektor an:

„Dieser Mann muss sofort ins Krankenhaus eingeliefert werden!

Blay Farrell war wie versteinert und erdrückte alle, als suche er nach einer Antwort. Der Blick des Inspektors war so beredt, dass er ihn sogar anlächelte und kommentierte:

„Ich habe schon gesagt, dass ich verrückt bin, Freund! Alles, was du uns erzählt hast, ist fantastisch.

Ohne sich Zeit zu geben, sich zu verteidigen, begann Professor Curt Hartman zu rechtfertigen:

„In der Raumfahrt geraten Astronauten oft aus dem Gleichgewicht und sind verärgert. Aber mit der richtigen medizinischen Behandlung erholen sie sich bald und ...

Es war zu viel!

Blay Farrell sprang zurück und schrie alle an:

„Nasen! Mir geht es vollkommen gut! Und ich weiß nicht, warum Sie das sagen, Professor Hartman!

„Komm schon, komm schon, Blay! Sei kein Kind. Sie wissen, dass Sie Pflege brauchen!

" Mich?

„Du, mein Freund, du. Sonst hätte er seine Frau nicht angegriffen.

„Ich greife Lise an? "Er wiederholte." Hier bist du der Verrückte!

Ihre Proteste ignorierend, kommentierte der angesehene atomare Weise in einem ruhigen und ruhigen Ton und wandte sich an den Inspektor und seine beiden Agenten:

„Entschuldigen Sie, aber dieser Mann muss sofort eingeliefert werden. Wenn bei Ihnen etwas ansteht, können Sie ihn in ein paar Stunden im Zentralkrankenhaus sehen. Aber jetzt...

Das stumme Signal, das er den beiden Schwestern, die ihn begleiteten, gab, versetzte Blay Farrell erneut in die Offensive, der den Korridor entlang zurückwich und darauf bestand:

„Warum willst du mich ins Krankenhaus bringen?

„Beruhige dich, Blay, du hast deine Frau da und außerdem musst du behandelt werden und... Wir tun alles zu deinem Besten!

Curt Hartman machte eine einstudierte Pause und sah wieder die Polizisten an und stellte klar:

»Ich weiß nicht, was er Ihnen vielleicht erzählt hat, Inspector. Aber ich versichere Ihnen, dass die Frau dieses Mannes große Angst hatte, als sie ihn aufgeregt sah, wie er ihr sehr seltsame Dinge erzählte. Er fing an, von Wesen von anderen Planeten zu sprechen, von einer roten Flüssigkeit ... Was weiß ich von wie viel Unsinn noch! Sie glaubte ihm nicht und da griff er sie an.

„Er lügt! Ich habe Lise nicht angegriffen!

Aber Inspektor Lewis Hoffenblad hatte genug gehört und beschloss, sich an seine Männer zu wenden, als er sah, dass Blay Farrell im Begriff war zu fliehen:

„Zu ihm, Jungs!

Blay Farrell wich immer wieder zurück, um in die Defensive zu gehen, aber kurz darauf musste er verzweifelt gegen diese Männer kämpfen. Und er hätte sie geschlagen, wenn der ältere Professor Curt Hartman, der hinter ihm schlau stand, ihm nicht auf den Kopf geschlagen und ihn um den Verstand gebracht hätte.

* * *

In der Zwangsjacke, die fast jede Bewegung verhinderte, fühlte sich Blay Farrell hilflos. Er lag auf einem Bett und stellte fest, dass die Wände dieses Zimmers gepolstert waren. Rechts von ihm stand ein kleiner Tisch und darauf mehrere Flaschen.

Es gab auch eine Spritze und eine Injektionsnadel, um Injektionen zu geben.

Aber was ihn am meisten beunruhigte, war die Entdeckung eines kleinen Fläschchens, das mit einer roten Flüssigkeit gefüllt war, die wie Plasma aussah.

Blut!

Es beunruhigte ihn, denn ohne Zweifel identifizierte er ihn mit dem, den er kurz in den mörderischen Händen von Lieutenant Pat Summer gesehen hatte, als er zu Lises Wohnung ging, um das Mädchen zu ermorden. Er rutschte auf dem Bett hin und her, hob den Kopf so weit er konnte und rief:

„Schwester! Zu mir! Zu mir!

Trotz der Zwangsjacke, die ihn einsperrte, schaffte er es aufzustehen, und dann zeigten seine Augen ein bekanntes Gesicht. Es war Professor Curt Hartman, der ihn aus dem hinteren Teil des Raumes anlächelte.

Die beiden Männer funkelten sich an, Blay Farrell mit Hass und der atomare Weise mit Ironie und Spott.

Ich lächelte ihn an...

Blay Farrell erinnerte sich, und als der alte Mann auf ihn zukam, fragte er wütend:

„Was zum Teufel machst du hier und warum hast du darauf bestanden, dass sie mich ins Krankenhaus bringen?

„Ich werde alle deine Fragen beantworten, Blay. Mit großer Freude!

„Ich fange damit an, mir zu erzählen, warum sie mich hierher gebracht haben.

„Sie werden sich einer ganz... besonderen Behandlung unterziehen, mein Freund.

„Was hast du davon, wenn du so tust, als ob ich verrückt wäre?

Bevor er antwortete, warf der alte Mann einen verstohlenen Blick auf die Zimmertür, als wollte er sich vergewissern, dass sie noch geschlossen war. Dann wanderten seine Augen zum Tisch, um das Fläschchen mit der roten Flüssigkeit zu fixieren, während seine gepflegten Hände die Spritze manipulierten und sie mit der Injektionsnadel bewaffneten.

Und er sprach mit einer Pause:

„Ich habe dich hierher gebracht, weil es dir passt, Freund Blay. Es wird dir bald sehr gut gehen!

„Was willst du mir spritzen? Was ist das?“, fragte der Mann, gefangen in dieser Kleidung, die es ihm nicht erlaubte, sich zu verteidigen.

Die vier Schüler bohrten wieder und der Alte legte großen Wert darauf, als er flüsterte:

„Ich werde ihm Life Sap injizieren, Blay! Saft eines Lebens, das Sie in Erstaunen versetzen wird!

Irgendeine Art Licht blitzte in Blay Farrells Gehirn auf und zwang ihn zu sagen:

„Professor Hartman, Sie ... Sie gehören zu Ihren! Wahrheit? Es ist einer dieser Sosias!

„Ja, mein Freund ... Und in diesem Krankenhaus gibt es mehrere wie wir.

„Und was wird er mir injizieren? Ist ... verwandeln sie sich so? Was Pat Summer mit meiner Frau machen wollte?

„Ich sehe, du bist immer noch so schlau, Blay. So ist es!

Und nachdem er gesprochen hatte, auf der Bettkante sitzend und ihm das kleine Fläschchen mit roter Flüssigkeit zeigte, erweiterte er mit einschmeichelnder Stimme:

„Du wirst sehen, wie süß es ist! Hier ist die lebenswichtige Flüssigkeit einer Sosia! Du bist seit vielen Jahren durch den Weltraum gereist, mein Freund! Es war nicht für Sie bestimmt, aber es hat die Dinge kompliziert und ... Sie müssen einer von uns sein!

Hilflos in diesen Kleidern war Blay Farrell genervt von dieser Anleitung und allem, was Professor Hartman tat. Er sah ihn wie hypnotisiert an, als er sah, wie er die Spritze mit dieser roten Flüssigkeit füllte, und schrie verzweifelt:

„Nicht! Nicht ich! HILFE!

„Sei kein Kind, Blay. Niemand kann dich hören. Dieses Zimmer ist schallisoliert gebaut. Damit Verrückte wie Sie sich nicht darum kümmern!

„Ich bin nicht verrückt! Du hast sie so denken lassen!

„Es war richtig... Du hast zu viel über alles geredet, was der Roboter gesagt hat. Niemand auf der Erde ... Niemand, Blay!, muss wissen, dass es Wesen auf anderen Welten gibt, die eine äußere Erscheinung annehmen können. Das würde sie alarmieren, und sie würden auf der Hut sein!

Er kämpfte nutzlos in den Kleidern, die ihn am Bett hielten, und fand den Mut zu sagen, als er sah, dass die Nadel sich bereits seinem Arm näherte:

Warum willst du hier auf der Erde leben? Geht es dir nicht gut in deiner Welt?

"Ja, sehr gut! Aber wir streben danach, das gesamte Universum zu beherrschen. Und wir bekommen es! Wir haben keine so mächtigen Waffen wie du oder die intelligenten Bewohner des Planeten Cygni ... Aber wir benutzen ihre schnellen Schiffe, um alle all Planeten, ohne es zu wissen, dienen sie uns selbst ... Und viele von Cygnis Bewohnern gehören bereits uns!

„Und hier auf der Erde?

„Außerdem... Wir sind schon Millionen, Blay! Millionen!

„Nicht! Das bestreite ich!

„Du kannst es leugnen, Blay. Aber es ist wahr! Ich selbst, dem alle noch glauben, Professor Curt Hartman ... Ha ha ha!

Dieses fast hysterische Lachen ließ das Blut von Blay Farrell kalt werden, der von allem, was er hörte, tief beeindruckt war.

Wie war das alles möglich?

„Ganz ruhig, Blay. Mach dir keine Sorgen! Anscheinend wirst du immer noch Blay Farrell sein, der exzellente Pilot, der kürzlich Lise Borg geheiratet hat. Du wirst überhaupt nichts ändern! Aber menschliches Blut wird nicht mehr durch deine Adern fließen, wie durch meins schon läuft das eines anderen Wesens, das in diesen kleinen Flaschen hierher gekommen ist.

„Ich werde meine Menschlichkeit niemals aufgeben! Protestierte hilflos, Blay Farrell.

„Du kannst nicht anders.

„Aber ich... ich werde sterben! Er wird mich töten! Er wird mich ermorden!

„Du argumentierst falsch, Blay ... Du wirst sterben, aber ein anderes Wesen wird in deinem Körper leben.

„Ein monströses Wesen! Seit wann kommen sie auf die Erde?

„Seit die Einwohner von Cygni mit ihren Schiffen hier angekommen sind. Es ist lange her!

Blay Farrell erinnerte sich. Und mehr als seine Angst konnte seine Neugierde sagen:

„Sind es diese Roboter, die uns von Cygni schicken, die dich bringen, ohne es zu wissen?

"Ja, mein Freund. Ich habe es dir schon einmal gesagt! Es sind Maschinen, die, egal wie ausgefeilt sie sind, leicht zu täuschen sind. In Cygni haben wir viele unserer eigenen Infiltratoren. Sie sind diejenigen, die die Fläschchen mit... der lebenswichtige Saft.Wenn wir hier ankommen, müssen wir ihn nur in einen menschlichen Körper injizieren und ...

Blay wusste, dass er als menschlicher Körper sterben würde. Er wusste, dass seine physische Hülle für eines dieser seltsamen Wesen verwendet werden würde, um in ihm zu leben. Von da an würde er an seinem Werk der Durchdringung der Rasse der Sosias mitarbeiten.

Wie viele menschliche Wraps wurden bereits so serviert? Welche hohen Positionen bekleideten sie? Welche Schlüsselstellen hatten sie infiltriert?

Was war seine wahre Macht auf der Erde?

Was ist sein letztes Ende ...?

Er hatte nicht die Zeit, so viele Fragen zu beantworten, wie sie in seinem gequälten Verstand gestellt wurden. Aber die verbleibenden Minuten seines Lebens, immer noch der echte Blay Farrell, würde er nutzen, um wie ein Mensch zu kämpfen. Zu kämpfen, wie es sich für ein Erdenkind gehört.

Er war hilflos, gefangen in diesem Anzug. Aber er hatte noch Informationen, und er würde sie benutzen.

Zumindest um Zeit zu gewinnen.

„Erzählen Sie mir etwas, Professor ... Warum haben Sie keine anderen Roboter gefunden, die das andere Schiff bemannen?

„Sie haben sie gefunden, Blay! Aber Colonel Holtzman schickte Lieutenant Pat Summer, ohne zu wissen, dass er bereits einer von uns war. Er war dafür verantwortlich, die Männer, die ihn begleiteten, zu spritzen ...! Und die Transplantation war fertig! Genau die Sendungen, die in diesem Schiff angekommen sind. Als sie herauskamen, gehörten sie alle uns. Verstehst du es jetzt?

„Und was ist mit dem passiert, der Pat Summers Leiche besetzt hat? Ich sah ihn in der Wohnung meiner Frau verschwinden. Sein Körper verwandelte sich in eine rote Flüssigkeit, als er mit der Flüssigkeit in Kontakt kam, die aus der Phiole, die er trug, gegossen wurde.

„Das ist unser Tod, Blay! Wenn der Lebenssaft ausgegossen wird, bevor er in den Körper eines anderen Wesens eindringt, breitet er sich aus, breitet sich aus, kocht, kocht und wird schließlich verzehrt !

„Wer hat den fleckigen Teppich gewechselt?“, wollte er wissen.

„UNS! Sie waren sehr beschäftigt mit der Ohnmacht Ihrer Frau.

Blay sah, wie diese Hände sich seinem Mut näherten, um ihn mit der Nadel zu stechen, und rief:

„Du wirst dein Ziel nie erreichen! NOCH NIE!

„Du irrst dich! Wir sind nicht so mächtig wie du, aber bisher konnte uns noch niemand identifizieren. Wir haben die Fähigkeit, tausend Formen anzunehmen und können somit auf allen Planeten leben. In verschiedenen Welten! Und das ist unsere größte Macht.

„Jetzt verstehe ich, warum Sie General Quiin und seine Gäste ermordet haben. Weil der Roboter uns von den Mitgliedern erzählt hat. Dein!

"Ja ... In Cygni wissen sie bereits von unserer Existenz. Aber ohne uns nicht identifizieren zu können! All seine wunderbare und fortschrittliche Wissenschaft kann uns nichts entgegensetzen.

Er hielt inne und fügte hinzu:

„Wer würde zum Beispiel vermuten, dass Sie nicht immer noch Blay Farrell sind, obwohl Sie es in Wirklichkeit nicht sind? Wenn ich es Ihnen nicht gesagt hätte, hätten Sie dann vermutet, dass ich nicht Professor Curt Hartman bin? Sie werden hier von Ihren Visionen und Anfällen des Wahnsinns geheilt gehen. Sie werden in der Prestwich Base wieder zum Dienst zurückkehren, aber da Sie bereits ein Sosia sind, einer von uns ... werden Sie uns von dort aus bedienen!

„Dreckiger Umzug! Es ist eine Invasion von Würmern!

„Nein, Blay: Sagen Sie lieber, dass es eine sehr clevere Invasion ist. Der Tag wird kommen, an dem alle Schlüsselpositionen in unseren Händen liegen und dann ...

„Was wird dann passieren, Monster? schrie Blay hilflos.

Er bekam keine Antwort, denn dieses Wesen lehnte sich wieder an den Arm des Mannes, um ihm die Spritze zu geben.

Blay Farrell konnte nichts tun und schloss die Augen.

Er tat so, als würde er sich weigern zu glauben, dass er, sein ganzer Körper, bald der Zufluchtsort für ein fremdes Wesen von einem anderen Planeten sein würde.

Aber so wäre es...

KAPITEL XIII

Die freundliche Hand von Inspektor Lewis Hoffenblad reichte dem Mann vor ihm und gratulierte ihm:

„Du warst sehr tapfer, Blay.

Auch der junge Pilot lächelte, aber es war abzulehnen:

„Glaub es nicht... Es war schrecklich! Ich fühlte, dass...

„Ich verstehe, was er manchmal fühlen würde, aber er hatte den Mut, mit dem falschen Professor Curt Hartman und so zu streiten ... Das gab uns viele Hinweise!

„Die Wahrheit, Inspektor. Mir war nicht bewusst, dass in diesem Raum Mikrofone installiert waren, um alles aufzunehmen, was dort gesprochen wurde.

„Umso mehr Grund für mich, dir zu gratulieren, Blay. Ich habe es getan, weil ich, obwohl ich Sie auch für verrückt hielt, wegen allem, was Sie uns erzählten, in gewisser Weise fasziniert war von Professor Hartmans Interesse, Sie ins Krankenhaus zu bringen und ...

Er machte eine Handbewegung und sagte, wie um sich zu entschuldigen:

„Weißt du, Blay! Polizisten sind so! Wir ahnen in der Regel alles!

„Sind die alle geortet?“, wollte der junge Pilot wissen.

" Oh ja!

„Ist es sehr schwer, es zu bekommen?

„Im Gegensatz! Alles was es braucht ist eine Blutprobe. So werden sie gejagt!

Eine Minute lang schwiegen die beiden Freunde, bis Captain Farrell präzisieren wollte:

„Wie viele bisher, Inspektor?

"Nun, ungefähr sechs Millionen ... Natürlich überall verstreut.

„Auch unter unseren Offizieren?

"Außerdem. Sie waren die Favoriten, für sie. Aber es wurde große Vorsicht geboten. Bezirke wurden abgesperrt, Gesundheitsteams sind unerwartet aufgetaucht und ... Machen wir uns an die Arbeit! Keiner kann entkommen: Von nun an wird es sein" eine Sache des Nähens und Singens.

Blay Farrell erinnerte sich wieder und erschauderte fast, als er sagte:

„Noch eine Minute, um diesen Raum zu betreten ... Und ich bin nicht ich, um diese Stunde, Inspektor!

„Wir waren vorbereitet. Ich hätte dich nie injizieren lassen, Blay. Alles, was wir gehört hatten, war genug.

Es war schwer, sich von diesem heißen Thema zu lösen, aber der Polizist hielt es für klug, zu fragen:

" Und seine Frau?

„Es ist in Ordnung: Das arme Ding hat nicht erfahren, dass auch sie für die Injektion ausgewählt wurde.

„Ich freue mich: Ihr beide habt das Recht auf das Glück, das euch jetzt erwartet.

Blay Farrell lächelte, verkündete aber:

„Auch auf uns wartet viel Arbeit, Lewis. Wir gehören zu denen, die das Große Projekt starten müssen.

„Du meinst, die Reise zum Planeten Cygni zu versuchen?

"Das ist.

„Gutes Abenteuer! Das muss weit weg sein.

„Stimmt, aber... ich sage es dir, Lewis. Die Erde verdankt ihre Existenz den Wesen, die diese Welt bevölkern. Sie konditionierten die elektronischen Gehirne ihrer Roboter, um uns vor der Existenz der Sosias zu warnen. Sonst ... wie hätten wir das herausgefunden?

„Ja, Blay, aber ... Wie kommst du dorthin?

„Kommen Ihre Schiffe nicht hier an?

„Sicher. Aber von Robotern angetrieben!

„Das können wir auch. Der Fall ist, sich zu melden. Andererseits werden wir durch das Kopieren der Mechanismen ihrer Raumschiffe viel voranbringen. Seit Jahrhunderten senden sie ihre UFOs und unternehmen eine gigantische Anstrengung. Jetzt sind wir an der Reihe.

Der Polizist lächelte wieder, als er sehr zufrieden sagte:

„Die Wahrheit ist, dass wir den Kampf gegen diese Sosias gewonnen haben.

"Sicher, hier auf der Erde wurden sie lokalisiert und besiegt, aber der Kampf muss weitergehen, mein Freund. Du weißt bereits, dass sie in jedem Körper überleben können, den sie benutzen! Deshalb sind wir daran interessiert, mit den Bewohnern in ständiger Kommunikation zu treten." von Cygni Zwischen ihnen und uns, überall im Universum, wo sie sich befinden ... Sie werden bekämpft!

„Ich vertraue der Menschheit, Blay. Und ich vertraue so sehr auf Ihren Mut und Ihren Mut, solange es Männer wie Sie gibt ... Die Erde wird dieselbe bleiben!

Danke Lewis.

* * *

Die beiden gingen Hand in Hand unter einer sternenklaren Nacht, als sie zum schwarzen Himmel aufschauten und auf einen der fernen Leuchtpunkte starrten, flüsterte die Frau:

„Glaubst du, Cygni wird unsere Nachricht verstehen, Liebling?

Auch Blay Farrell starrte in die Unendlichkeit und antwortete:

„Klar, Lise. Und von nun an wird das Universum kleiner!

„Was ist, wenn wir es nicht bekommen?

„Wir werden es weiter versuchen!

Sie gingen schweigend weiter, bis die Frau es wieder unterbrach, indem sie ihrem Gedankengang folgend sagte:

„Manchmal frage ich mich, warum die Menschheit in ihrer langen Geschichte immer kämpfen musste.

„Stell dir noch eine Frage, Schatz.

"Welcher, Blay?"

„Würden nicht die Intelligenz und der menschliche Geist ruhen, wenn es nicht so wäre?

Die Frau dachte nach, bevor sie zugab:

"Ja, ich denke schon.

„Die großen Ziele werden erreicht, indem man arbeitet und alle Hindernisse überwindet. Und so wie die Ernten besser sind, wenn das Land vom Unkraut befreit ist, werden zukünftige Eroberungen des Weltraums fruchtbarer und besser sein, da intelligente Wesen die Sosias oder die Bewohner anderer entfernter Planeten besiegen, die versuchen, diese ständige Entwicklung in Richtung Höher zu unterbrechen Tore.

Lise sah ihren Mann an, unterbrach ihren Marsch, um ihn zu umarmen und ihren Kopf auf seine männliche Brust zu legen und flüsterte:

„Und ich bin sehr stolz auf dich, Blay. Ich bin es, weil du einer dieser Auserwählten bist!

Er küsste sie.

Und vielleicht leuchteten die Sterne aus ihrer Ferne für einen Augenblick heller in der Harmonie des Universums.

ENDE

www.ingramcontent.com/pod-product-compliance
Lightning Source LLC
LaVergne TN
LVHW090122160826
845673LV00015B/818

* 9 7 9 8 2 2 7 5 1 9 3 8 2 *